Née en 2002, **Alice Renard** est diplômée en littérature médiévale à la Sorbonne. Révélée précoce à l'âge de six ans, elle a toujours été passionnée par la question de la neurodiversité et de l'hypersensibilité. *La Colère et l'Envie*, remarqué dès sa parution, a reçu un très bel accueil public et critique. Le roman a figuré dans les sélections du prix littéraire *Le Monde* ainsi que du prix Femina, puis a obtenu, en 2023, le prix Méduse et le Prix littéraire de la Vocation. En 2024, elle est lauréate du prix de l'Académie française Maurice-Genevoix.

Alice Renard

LA COLÈRE ET L'ENVIE

ROMAN

Éditions Héloïse d'Ormesson

ISBN 979-10-414-1584-7

« Cler et riant furent li oel
An la teste au vaslet sauvage »

Chrétien de Troyes

PARTIE I

mère

Mon poussin, ma toute petite, moi qui t'ai formée au rythme des secrets de mon ventre, je t'ai vue finalement grandir. En dépit de tout. De toutes ces choses incompréhensibles et qui t'étaient contraires.

père

Je n'étais pas fait pour être le père d'une telle enfant. Aujourd'hui, bientôt, d'ici peu, ce ne sera plus tout à fait une enfant. Elle a grandi. Mais moi je ne serai toujours pas fait pour être son père.

mère

Je pétris la pâte à gâteau, et je pense à toi. Tes visages butés et candides, à tous tes âges, se superposent et m'absorbent. Je suis heureuse. Je sais que tu es là, en ce moment, à quelques mètres derrière mon dos, sur le canapé vert du salon, à regarder la lumière, les paupières mi-closes. Et cette image est comme la photo de couverture de tous mes souvenirs, que je feuillette à présent.

père

Elle a toujours été frappée d'une forme de débilité, sur laquelle jamais personne n'osa réellement poser de nom.

Comprendra-t-elle seulement que nous nous réjouissons aujourd'hui, pour son anniversaire ? Nous qui l'avons portée à bout de sacrifices…

mère

Moi, ta mère, je le sais : quand tes yeux transpercent, quand ton regard nous file entre les doigts, c'est que tu comprends des choses que nous ne comprendrons jamais.

père

La comprendras-tu seulement, notre joie simple de ce jour ? Dis, sauras-tu seulement la partager ?

Presque toutes les nuits, je rêve que Maude est de nouveau enceinte. Et je me réveille en sueur. Parce qu'au moment où je vais poser la main sur son ventre, c'est encore et toujours tes yeux, Isor, que je crois apercevoir à travers la paroi de sa peau. Tes yeux, Isor, qui ont certes la couleur des miens, mais qui n'ont pas leur regard. Non, ce regard, assurément, n'est pas à moi. Où suis-je passé en toi ? Où ?

• • •

mère

Dans tes tresses, au soir des jours de printemps, on retrouve toujours des choses inattendues. Quand tu as passé de longues heures dehors, et que tu reviens, que tu t'assois sur le petit tabouret de notre chambre pour que je te brosse, quand mes doigts défont les tresses faites par eux le matin, il y a toujours, entre les mèches, de petits trésors. Du pollen, des pétales de pissenlit, des bouts d'écorce, des brins d'herbe, et même quelquefois un petit perce-oreille.

Dis-moi, ma petite fille, comment fais-tu pour récolter tout cela ? Pourquoi ces choses s'attachent-elles ainsi à toi, quand tu vagabondes ? C'est au cœur même des boucles qu'on les retrouve, enfoncées entre tes cheveux noirs. Au début, j'avais peur. Maintenant j'en rigole, et je te montre ces trouvailles pour que tu répondes à mes rires. Toi, toujours, tu me rends un sourire, comme si tout cela était naturel, et parfois même tu rougis, comme si, par là, tu voulais me donner à voir un bout de ton intimité, pourtant si difficile à atteindre.

père

Ses larmes surtout me font peur et me sont étrangères. Impossible de se reconnaître, ni pour moi ni pour personne, dans ces larmes-là. Quelquefois, on croirait des larmes acides, ou la résine d'un feu. Elles coulent sur son visage avec une telle souffrance, et pour des causes tellement inexpliquées ou absurdes, que toute consolation paraît d'avance inutile. On ne peut parler de *caprice*. On a presque envie de parler de *deuil*.

C'est dans les larmes que l'on pressent la douleur qui doit être la sienne. Une douleur indescriptible, au-delà de tout. Pas au-delà en intensité, non. Simplement, elle prend place hors de là où gisent les douleurs ordinaires. Celle-ci se situe plus loin, plus profond, sur une autre couche, proprement indéracinable. *À côté* de toute vraisemblance. Vissée à son être par des vis de fer.

mère

Dès qu'elle s'aperçoit qu'elle a laissé voir sa plaie, elle se rétracte, avec une pudeur farouche, et, par un miracle de sa constitution, aussitôt elle devient joyeuse, d'une joie sincère et éclatante. Une joie qui débute par une sorte d'excuse de s'être laissé voir, et qui finit en une réelle hilarité d'enfant.

père

Ou bien, tout à l'inverse, elle pleure à torrent, toujours sans qu'il n'y ait rien à faire pour la calmer. En réalité, dans ces moments-là, elle semble presque soulagée – elle semble profiter à fond de cette métamorphose de la douleur en tristesse, et, dans la peine comme dans la joie, elle se livre entièrement à son émotion, jusqu'à en être tout à fait vidée.

• • •

mère

Parfois, elle ne le sait pas, mais je la regarde danser. Elle danse seule, et sans musique. Elle se lève et elle pousse tout le bric-à-brac du grand tapis de sa chambre. Elle tasse tous ses *trésors* dans les coins, avec ce qu'on pourrait prendre pour de la négligence, mais qui n'en est pas. Et puis ses petits pieds se mettent à marteler le sol avec une grâce inexpliquée. C'est là que je m'approche pour regarder.

père

D'ordinaire, Isor, à ses treize ans encore, a des gestes qu'on dirait gauches, ou mal assurés. Elle n'a pas de méthode pour saisir les objets – cuillère, savon, stylo, écharpe – et elle fait tout *à sa manière*, renouvelant chaque fois selon son désir un stock de mouvements inépuisables. Normalement, ce genre de geste est univoque, appris par cœur sur les autres. Mais pour cela – comme pour le reste – Isor n'apprend pas. Elle reste, elle veut rester fermement dans son idée propre du mouvement, un mouvement sans morale et sans passé, qui se moque éperdument des millénaires de civilisation qui l'ont précédée. Elle n'adopte ni les gestes de son âge, ni les gestes de son sexe, se fichant bien de ce qui est convenable comme de ce qui est utile.

mère

Lorsqu'elle danse, un rythme entre en elle, qui ne la quitte plus. Chaque mouvement est à sa juste place, dans une harmonie subjuguante. Ce n'est ni une valse, ni un tango, ni du jazz, ni un fox-trot. C'est tout son corps qui devient la musique qu'elle a dans la tête. Et quelle musique ce doit être… Presque inaudible. C'est comme tous les rythmes africains à la fois, battus sur tous les tambours du monde, qui la déchirent en tous sens selon une arithmétique indéniable, mais terrible. Chaque membre vibre, avec tantôt une énergie distincte, tantôt un même élan. C'est comme les huit bras des pieuvres : chacun son cerveau mais coordonnés certaines fois par la tête, quand une même nécessité les rassemble. Tout peut changer d'une seconde à l'autre, et deux minutes consécutives ne se ressemblent jamais. Mais, à force de la regarder faire, j'ai fini par percevoir que chaque danse tend irrésistiblement vers un bercement. Aucune ne dure plus d'une heure. Et déjà, toujours, à mi-chemin, quelque chose commence à poindre. C'est une couleur qui monte à l'horizon, qui enfle avec douceur. Les gestes deviennent fluides, comme récités : la danse est alors pratiquement une prière, qu'elle aurait eu en elle depuis longtemps, qu'elle aurait eu le temps de méditer, de mâcher, et qui finit par sortir. Le tout se termine en une régularité lancinante et majestueuse, comme si elle avait dansé sur de la musique classique. Puis son petit corps s'arrête de bouger et s'allonge sur le tapis, immobile, le sourire aux lèvres.

père

Isor a toujours refusé d'apprendre. D'aussi loin que nous en avons le souvenir. Elle n'a pas voulu apprendre à parler. Elle n'a pas voulu apprendre nos noms. Jamais, nous souriant depuis son berceau comme les autres enfants, elle ne s'est écriée tout en joie « Papa ! » ou « Maman ! ». Jamais un mot, aussi petit soit-il, qui ait du sens, ou qui nous soit adressé. Elle a refusé d'apprendre à manger autrement qu'avec les mains, elle a refusé d'apprendre le dessin, la musique, l'équitation ou quoi que ce soit d'autre. Jamais nous n'avons songé pouvoir l'envoyer à l'école (et les médecins étaient bien forcés d'être du même avis). Quand, à ses quatre ans, nous avons entrepris de lui donner quelques leçons à la maison, sitôt qu'on lui a mis un cahier sur la table basse et un stylo dans la main, faisant le geste à côté d'elle de tracer son prénom, soit elle éclatait de rire (un rire souverain semblant nous dire « Tout ceci est parfaitement ridicule »), soit elle entrait dans une colère noire comme l'orage qui mettait des heures à retomber, soit encore elle se levait et partait comme si rien n'était arrivé ou qu'elle n'avait pas même compris ce que nous attendions d'elle.

Alors, à son âge, à ses treize ans, que sait-elle ? Rien qui vaille. Elle ne sait pas que la Terre est ronde, elle ne sait pas ce qu'est un adjectif, elle ne sait pas comment on compte les heures, elle ne sait pas ce que c'est qu'un père ni que la génétique, normalement, nous rassemble.

Souvent j'y pense, et je me demande comment elle fait pour vivre sans rien. Dans un monde qui doit lui sembler tellement aléatoire ou absurde. Moi, j'étais persuadé que c'était cela qui la mettait en colère, de ne rien comprendre… Mais elle ne fait aucun effort pour *saisir* quoi que ce soit.

mère

Camillio pense qu'Isor est idiote. Les médecins en leur temps ont pensé qu'elle était infirme. Moi, je pense qu'elle comprend l'essentiel, et l'essentiel seulement, et qu'elle ne veut pas, surtout pas s'embarrasser du reste. Je sais qu'elle affronte quelque chose, d'extrêmement fort, que nous, nous ne voyons pas. Cela, cet invisible, cet irrationnel, elle le regarde droit dans les yeux, avec ses iris bleus comme la joie. Je suis persuadée que c'est cela qui l'épuise, que c'est à cela précisément qu'elle dépense toute son énergie, au point de n'en vouloir perdre un gramme pour autre chose.

De toute façon, nous en sommes tous réduits aux hypothèses – c'est cela qu'Isor suscite en nous, des hypothèses –, et voilà donc la mienne. Et à Camillio qui me demande sans cesse en quoi elle peut bien être sa fille, je réponds : « Elle a ton courage. Elle a ton intransigeance. »

• • •

père

Quand, chaque matin, pour mon travail, je me suspends dans le vide, glissant le long des tours de verre, je réalise le même acte de courage. Je me suspends dans le rien, avec mon seul reflet en vis-à-vis, mon corps harnaché au milieu du ciel, et je me dis que, si je sais faire cela, alors je serai peut-être capable d'affronter ma fille.

mère

Je sais qu'Isor se souvient, je sais qu'elle avance quelque part. Dans son désordre, dans sa colère, dans sa panique même, elle avance. Je le sais.

père

Ce jour-là, elle ne devait pas avoir cinq ans. Je l'avais emmenée au parc. À mon étonnement, tout se passait normalement, sans trop de heurts – j'avais même commencé à discuter avec d'autres parents. Et puis, à l'autre bout du terrain de jeu, une mère s'est mise à crier : à l'extrémité du bac à sable, deux petits corps étaient emmêlés avec une violence incroyable, comme enroulés l'un sur l'autre à la manière de serpents, sans que l'on eût pu distinguer qui était qui, de mon enfant et du sien. La masse était en mouvement, en fusion, en enroulements saccadés et atroces. Nous étions pétrifiés. Combien de temps cela a-t-il duré ? Des deux petits êtres intriqués-là s'échappaient de faibles cris d'effort. Aucun cri de douleur. C'est quand enfin ils se sont séparés que nous nous sommes jetés sur eux, en pleurs, trop tard. Eux, son fils, ma fille, ne pleuraient pas. Ils étaient méconnaissables de blessures et de poussière. Dans la lutte, Isor avait communiqué à l'autre son regard de braise et de fierté. Ils se regardaient tandis que nous pleurions. Pour nous, nous tous dans ce parc (même ceux qui n'avaient rien vu), le temps s'étirait comme un coup de poing et rien ne bougeait que nos larmes. Les enfants avaient chacun sur le cou les marques des mains de l'autre. Avaient-ils voulu se tuer ? S'ils étaient morts, nous le savions, ils se seraient tués en même temps, à l'exacte même seconde. Mais avait-ce été une scène de mort ou une scène d'amour ? Les images s'étaient plantées dans nos yeux, de ce nid de vipères, de ce nid de bras tendres et roses. Avant la lutte, nous n'avions entendu aucune provocation, aucune insulte. C'était à croire qu'ils s'étaient jetés l'un sur l'autre dans une silencieuse concertation, comme un numéro su depuis toujours. Était-ce Isor qui l'avait hypnotisé comme elle nous médusait tous à présent ? Ou avaient-ils chacun reconnu en l'autre la même *folie*, cette envie de voir ce que cela faisait de vomir la violence, de la partager comme quelque chose d'intime que l'on offre en cadeau ? Leurs deux visages méconnaissables semblaient répéter « L'émotion est une violence. L'émotion est une violence. » L'autre mère, finalement, a attrapé son enfant par le bras. Le présent a repris. Nous n'avons plus jamais emmené Isor dans ce parc.

• • •

mère

L'idée des tresses, c'était la mienne. Les cheveux longs lui vont si bien. Elle les a épais et bouclés comme moi. À son âge, ma mère me faisait des tresses aussi. Elle les serrait fort, avec de petits gestes brusques que je n'aimais pas. Moi, les cheveux d'Isor, je les coiffe comme une caresse. C'était d'abord pour ne pas qu'elle se les abîme, quand elle va dehors, qu'elle éclate en colère ou simplement qu'elle s'agite. Je m'étais dit que comme ça elle ne pourrait pas se faire mal (se les coincer quelque part, ou même qu'ils prennent feu, parce que Dieu sait ce dont elle est capable !). Et puis, cela lui a tout de suite plu. Sous ses tresses, si l'on n'y prend pas garde, elle aurait l'air d'une enfant sage, et non plus d'une petite sauvageonne. Une après-midi de printemps, nous étions allées faire des courses ensemble. (Il faisait très chaud, les magasins avaient la clim.) Dans l'un d'eux, elle s'était d'emblée dirigée vers un rouleau de ruban en velours bleu foncé, quelques teintes plus sombres que ses yeux. Amusée, je l'avais acheté en entier, ne sachant pas encore ce que nous en ferions. De retour à la maison, Isor avait plongé sa petite main pataude dans mon sac pour en extraire le rouleau et le déballer. Elle a joué avec dans ses cheveux. Depuis, chaque matin, nous avons pris l'habitude de nouer ses tresses par un bout de ce cyan sombre.

père

À bien la regarder, à vivre avec elle tous les jours, on peut finir par lui trouver des allures de prêtresse. Certaines journées, chacune de ses attitudes, de ses poses, paraît régie par une logique inconnue de nous, comme un grand rituel. À la manière des animaux qu'elle regarde si souvent dans ses reportages : dans leur apparente liberté, ils savent ce qu'ils ont à faire.

Il arrive que pendant plusieurs heures j'aie l'impression qu'elle est en train de prier. Mais quelle divinité ? Si c'est bien le cas, ce ne peut être qu'un dieu des temps très anciens, maya, celtique ou égyptien, ou bien plus vieux encore, de ces dieux à statuettes d'ivoire que l'on retrouve enterrées six pieds sous terre – lorsque les divinités de la vie et de la mort se confondaient, que de grandes pierres aux gueules effrayantes servaient aussi bien à convoquer les morts qu'à secourir les vivants, et que le sang qui coulait n'était pas tant le signe d'une blessure que celui de la jeunesse vigoureuse.

mère

Isor peut être très différente d'un jour à l'autre, mais elle reste toujours elle-même, sincère, incapable de tricher. Elle ne peut pas se contenir à une seule personne, à une seule apparence. *Elle est plusieurs*, elle est trop vaste. C'est sa manière à elle de saisir le monde du mieux qu'elle peut.

père

Quand la mère de Maude est morte il y a quinze ans, nous avons reçu un héritage qui nous a permis d'acheter cette maison rue de Pommard. Au cours du déménagement, nous avons trouvé quelques vieux meubles et objets que l'ancienne propriétaire, une octogénaire sans famille, avait laissés là. Des rangements de salle de bains recouverts de toile cirée, des plafonniers à fleurs, un micro-onde, mais aussi une large télévision, deux immenses antennes TNT pour les chaînes d'Asie et d'Afrique centrale, un lecteur VHS et une bonne vingtaine de cassettes vidéo. Nous avons tout bazardé sauf cela. À vrai dire, ni Maude ni moi n'avons jamais regardé la télévision chinoise ni sénégalaise, mais cela nous amusait.

Quand Isor est née, Maude n'a pas réussi à obtenir tout de suite des horaires aménagés à la caserne, et c'est moi qui gardais souvent la petite l'après-midi. Jusqu'à ses deux ans à peu près, Isor ne présentait rien de particulier, sinon qu'elle s'agitait beaucoup parce qu'elle avait continûment faim, pensions-nous. J'étais assez fatigué entre mon propre travail, à nettoyer au-dessus du vide les vitres des tours du XIIIe, et la garde de l'enfant. Une après-midi où Isor avait été vraiment terrible, je suis tombé de fatigue sur le canapé, avec elle dans les bras. Lorsque je me suis réveillé deux heures plus tard, des Japonais jouaient au hockey sous les vociférations de deux présentateurs hystériques et les acclamations des spectateurs. Isor se tenait assise sur mes genoux, dans une concentration manifeste, dressant son petit corps pour mieux voir, avec une sorte de ferveur. Comment avait-elle réussi à programmer la télé toute seule ? Mais ce n'était pas même cela qui m'étonnait. Ce qui me choquait plus qu'autre chose, c'était que je n'avais jamais vu Isor aussi calme. Pour la première fois, je la voyais maintenir une posture plus de quelques minutes, et focaliser son attention sur un objet unique.

mère

Le tout premier examen que nous avons fait passer à Isor, c'était à ses dix mois environ. Comme elle ne semblait pas réagir à nos voix, nous avions pensé qu'elle était peut-être sourde. Résultat : une ouïe parfaite. Alors, pour quelques mois, nous avons cessé de nous inquiéter, pensant qu'elle suivrait bien son propre rythme.

père

L'épisode de la télévision japonaise est, je crois, mon premier souvenir de *sidération*. Sur l'écran, les joueurs s'agitaient frénétiquement, noyés sous la coulée verbeuse de la voix off, dans cette langue qui, pour une oreille française, semble constituée uniquement de voyelles. Et pourtant, cette langue qu'elle ne pouvait pas comprendre était la première qu'Isor écoutait *vraiment*.

mère

Dès mon retour de la caserne, Camillio m'a attirée dans la cuisine. De là, il m'a pointé du doigt la télévision allumée. Je n'ai pas compris tout de suite. Lorsque j'ai vu la petite tête brune de ma fille dépasser des coussins et que j'ai pris conscience qu'elle ne pleurait pas, qu'elle ne criait pas, que pour la première fois *elle faisait quelque chose*, je n'ai pas résisté au plaisir de courir la prendre dans mes bras, tant j'étais fière de mon trésor.

père

À sa naissance, mon frère avait envoyé d'Italie un beau mobile à suspendre au-dessus de son berceau. Il faisait de la musique et de petites lampes clignotaient à l'intérieur de peluches qui tournaient. Isor n'a jamais joué avec.

mère

Ce soir-là, le soir du match de hockey à Tokyo, nous avons laissé la télévision allumée jusque tard dans la nuit. J'ai servi le dîner sur des plateaux et nous avons mangé tous les trois sur le canapé, devant de vieux films de samouraïs en technicolor, puis devant les informations, un concours de karaoké, et un reportage sur la police de Kyoto. Aucun de nous ne comprenait quoi que ce soit à ce qui se disait – les programmes n'étaient pas sous-titrés – mais nous sommes bien restés plus de cinq heures comme ça, profondément *ensemble* pour la première fois. Ni Camillio ni moi ne nous levions, scrutant plus notre fille que l'écran, jouissant d'un calme tout nouveau mais que nous devinions éphémère.

père

Cette histoire n'a pas eu pour seul effet de faciliter la garde d'Isor. Dès le lendemain, elle nous a inquiétés. Je me rappelle très nettement m'être réveillé avec cette question : « Et si Isor n'était pas notre enfant ? Et si Isor était une petite fille japonaise ? » Mais l'expérience s'est reproduite, avec pratiquement toutes les autres chaînes que nous avions, à une exception près : les chaînes françaises. Lorsque j'ai compris cette partition de ses goûts, je dois dire que j'étais presque en colère. J'avais le sentiment qu'elle se moquait de nous.

• • •

mère

Isor adore ranger les choses. Le mot peut étonner car, en réalité, les pièces, après son passage, semblent plutôt avoir été dévastées par un ouragan. Il suffit de la laisser un petit quart d'heure quelque part pour que tout soit chamboulé, du tapis aux tableaux.

père

Nous n'emmenons plus jamais Isor chez nos amis (d'ailleurs, plus aucun ami ne nous invite). Et dans la maison tout a été repensé en fonction d'elle, pour qu'elle ne puisse rien abîmer, ni se faire mal.

mère

Ce qu'elle fait a en vérité un caractère presque méthodique. Ce qui lui parle, ce sont d'abord les couleurs, et en second lieu les textures. La couleur prime sur le reste, mais je crois que toutes les sensations que lui procure l'objet sont prises en compte (Isor passe de longues heures seule à seule avec les objets, à les toucher, à se mettre près d'eux, à simplement se réjouir qu'ils soient là). Tout ce qui n'est ni émotionnel ni sensoriel ne l'intéresse que très peu : l'usage des objets, la localisation pratique qu'ils ont dans une pièce sont absolument balayés. Ce qu'elle fait, en tirant les tapis, en sortant les ustensiles de leur tiroir, en retournant les housses des coussins, c'est qu'elle réagence l'espace selon ce qui la touche. Quand c'est fini, elle rigole, d'un rire vraiment sonore. Alors, c'est comme si la pièce répondait à son émotion, lui correspondait, et je sais que ce qu'elle ressent est une harmonie. Chaque sensation est à sa place.

père

La sœur de Maude, Rosalie, nous avait offert lors de son passage à Paris un kit de jouets de bain. Des petits bateaux, des canards multicolores, des plongeurs qui battent des pieds lorsqu'on remonte leur hélice mécanique… Isor n'a jamais joué avec.

mère

Elle aime parfois durant une heure ou deux s'allonger au pied des meubles et ne rien faire. Elle les regarde, elle caresse les rides du bois de ses petits doigts jeunes et elle attend. Non, elle n'attend pas. Précisément, elle n'attend rien. Elle n'espère aucun évènement particulier. Elle apprend juste à connaître ce qui l'entoure. En règle générale, le métal lui fait horreur, pour le bruit qu'il provoque (je pense) et son absence d'odeur. Elle aime le bois lustré, le velours, la soie, les tissus en général et ceux à motif en particulier, mais ne supporte pas les coutures. Elle aime les zips, le Scotch, les papiers qui ont un grain, le cuir pour son odeur mate et organique et la manière dont il s'abîme (il s'effeuille, il s'érode), les ressorts, les pneus, les gommes, le carrelage parce qu'il a des jointures caoutchouteuses. Elle déteste le béton, les éponges, les toiles cirées parce qu'elles craquent, et plus globalement les crissements de plastique fin.

père

Dans le salon, on a fini par coller certains vases sur les étagères, clouer les tapis et poser des verrous aux tiroirs de la cuisine. On essaye aussi d'acheter le maximum d'objets en mousse ou en gomme. On a également fait retirer les clenches des portes pour ne pas qu'elle s'enferme, et, comme on a abandonné l'idée de la faire dormir dans un lit, on a entièrement couvert le sol de sa chambre de matelas.

mère

Mais cela lui arrive de nous regarder avec une forme d'incompréhension – ou de reproche – comme si la pièce était trop étroite pour accueillir ce qui la brûle, elle. Comme si elle ne pouvait pas, ici, avec nous, ressentir ce qu'elle a à ressentir, à cause de notre rangement, et de la petitesse où nous vivons.

• • •

père

Il y a un autre rêve que je fais fréquemment (de mes rêves, je ne parle jamais, ni à Maude ni à personne). Cela commence par une *crise* d'Isor. Le rêve débute là, au beau milieu de cette violence pure, dionysiaque. Au fur et à mesure que la vision se précise, Isor se rapproche, concentrant son attention sur moi. Arrive un moment où elle ne me lâche plus des yeux : je suis son point de focale, et la violence devient *un spectacle fait pour moi.*

Je suis assis sur le canapé, immobile, impuissant, et elle se tient à mes pieds, prise par ses *démons*, écarlate d'angoisse et de fureur. À cet instant du rêve, je sais précisément ce qui va advenir. Et cela advient. Isor ouvre la bouche. Elle tend la langue. Ses mâchoires claquent d'un coup sec comme le tonnerre. De ses lèvres désormais jointes du sang coule, visqueux et vermeil. Ses joues sont gonflées. À l'intérieur, je sais qu'il y a sa langue tranchée, qu'elle retient encore un instant dans sa bouche. Puis elle me la crache à la face. Je reçois entre les mains ce bout de chair humide, avec son sang caillé et sa bave.

C'est toujours là que je me réveille, alors que j'étais maculé d'un mucus rouge, agrippant maladroitement sa langue insaisissable et suintante.

• • •

mère

Quelques semaines après l'épisode de la télévision japonaise, nous avons de nouveau emmené Isor chez notre pédiatre. Avait-elle un déficit mental ? Elle ne parlait toujours pas. Était-il bon ou néfaste pour son développement déjà laborieux qu'elle écoute toutes ces langues étrangères à la télé ?

Nullement déconcerté par notre récit, le pédiatre nous a prescrit, plus pour nous rassurer qu'autre chose, des examens à l'hôpital Trousseau. Là, petit à petit, les médecins ont réellement commencé à comprendre qu'il y avait quelque chose d'inhabituel et à vouloir multiplier les analyses. Finalement, tout y est passé : développement musculaire, capacité phonologique, IRM du cerveau, et une batterie de tests aussi bien physiques que mentaux. Isor est ainsi passée de service en service pendant plus d'un mois.

père

Le premier examen qu'Isor a passé à l'hôpital, c'était pour un trouble de l'attention. J'y étais allé seul, Maude n'avait pas pu déplacer sa garde. Je n'oublierai jamais ce moment, les sourcils velus et arrogants du médecin, un jeune interne en psychiatrie. Docteur Jard – fier comme un coq. Pour lui, tout était clair. Isor avait effectivement des difficultés à se concentrer, c'était tout. Il avait passé trente minutes avec elle, mais ça y est, il la connaissait mieux que nous, avait tout compris, et me démontrait l'infinie supériorité de son expertise par une chiée de mots savants appris d'hier. J'avais beau lui parler des colères, des retards de langage, des regards déconcertants (ceux d'une adulte mélancolique, pire que cela, ceux des statues de grands hommes qui sondent l'Avenir, le Progrès ou l'Âme humaine), il ne m'écoutait pas, et son visage dur était figé dans une expression dédaigneuse.

Au moment de nous raccompagner à la porte, avec une politesse excessive et trop empressée pour être sincère, il jeta un dernier regard vers Isor. Elle était dans un coin depuis le début de notre entretien. Elle se tenait en face d'une bonne centaine de crayons de couleurs alignés par taille et par teinte, selon un ordre allant du jaune au bleu. Elle nous faisait dos, mais on pouvait deviner à son immobilité qu'elle était parfaitement sereine. Ce ne pouvait être qu'elle qui avait fait cela, car, à notre entrée, les crayons gisaient tous en un tas informe.

L'interne s'est rassis à son bureau où il eut un moment d'absence. Puis il a simplement lâché : « C'est peut-être un peu plus complexe que cela. »

mère

C'est à partir de là que la mécanique s'est emballée et que tous les examens se sont enchaînés jusqu'au tournis. Tous, dans leur corps de médecine, étaient sûrs de leur coup : problèmes thyroïdiens, précocité, autisme, déficit en fer, carences affectives…

Après le premier mois d'examens, d'autres se succédèrent, tous identiques.

père

Ses trois ans, nous les avons fêtés dans l'avion. Un congrès sur les dissynchronies autistiques se tenait à Milan, et notre nouveau médecin référent à Trousseau voulait nous y emmener. À l'aéroport, j'avais tout juste eu le temps d'acheter une petite tarte aux abricots en guise de gâteau d'anniversaire. Alors que, assise sur mes genoux, Isor la mangeait à pleine bouchée, l'hôtesse est passée et lui a gentiment caressé les cheveux. « Quelle belle petite fille ! » Maude a retenu un sanglot.

mère

Juste en face de la caserne, il y a une église. Notre-Dame-de-la-Nativité. Entourée par la route, elle forme comme un petit îlot presque anachronique au milieu de la ville. La chapelle fait face au pont de la rue Proudhon, où passent les trains qui arrivent de Genève, de Lyon, de Turin… Le parvis quant à lui est en vis-à-vis des quatre portes rouges à double battant par où sortent nos camions de pompiers.

Je sais qu'au Tibet on écrit les prières sur des moulins que le vent fait tourner.

Quand j'ai compris qu'Isor était *malade*, j'ai décidé que cette église serait mon moulin, et que chaque train et chaque camion qui passerait ferait tourner ma prière.

père

Vous savez ce qu'ils disent tous à la fin ? Leur grand verdict final ? C'est comme Dieu qui nous juge après nous avoir fait examiner par tous ses anges. « ELLE NE VEUT PAS. » Elle ne veut pas parler, elle ne veut pas savoir, elle ne veut pas agir. « ELLE POURRAIT. » Elle pourrait le faire.

Combien d'années de notre vie à nous notre petite fille va-t-elle foutre en miettes avec ce maudit conditionnel ? « ELLE POURRAIT. »

Quand, quand, quand la possibilité inscrite dans ce conditionnel de malheur va-t-elle advenir, se réaliser ? À tout instant elle pourrait. Pourquoi Dieu ne veut-elle pas ?

mère

Le jour où tout a commencé, cette ronde de fous chez les médecins, et leur long visage songeur et blême, ou condescendant et appliqué, qui s'impliquent comme des dominos d'ivoire, ce jour-là, je n'étais pas là pour protéger mon Isor. Cette première après-midi où Camillio et elle étaient déjà pris au piège dans le cabinet de l'interne Jard, j'étais absente.

Comment ai-je fait pour passer à côté d'une telle après-midi ? Pour ne pas me rendre compte qu'elle serait vitale pour nous trois ? Ce jour-là, j'étais de garde à la caserne et un feu s'était déclaré sur les Maréchaux. J'y suis partie avec mon équipe. Un jeune enfant de six ans, laissé seul avec son frère de quelques mois le temps que la mère fasse une course, avait mis le feu à un tapis. Le nourrisson était encore à l'intérieur. Cette après-midi-là, cette maudite après-midi-là, alors que Camillio tentait de me joindre et me laissait des dizaines de messages sur mon répondeur (des messages de soupirs et de silences), je mettais toutes mes forces à sauver l'enfant d'une autre. Car dans l'immeuble, tout le monde s'en est sorti indemne – on a donné au bébé un peu d'oxygène, mais il n'avait rien.

Je le sais maintenant, ce n'était pas ma place. Ce n'était pas ma place à moi !

J'ai l'impression que, cette après-midi-là, toute ma force, toute la chance de ma bonne étoile, je les ai dépensées pour ce nourrisson qui m'était indifférent, et que c'est pour ça, parce que rien ne m'en est resté pour ma propre fille, que le rendez-vous a viré au drame.

Camillio pense qu'il est le seul de nous deux à faire des cauchemars. Mais moi aussi j'en fais. Un seul, toujours le même. Je rêve qu'Isor brûle. Et que moi, malgré ma combinaison ignifugée et mon jet d'eau, je ne peux rien pour la sauver.

Je tente tout ; rien n'y fait. Alors dans un dernier élan je veux dévisser mon casque, ôter mes gants, défaire mon plastron, pour être dans le même feu qu'elle. Mais même cela, je ne peux pas.

• • •

père

Maude et moi nous sommes très peu parlé durant cette période, nous nous relayions plus qu'autre chose, aménageant nos emplois du temps respectifs pour que tout coïncide.

Les rares journées où nous étions tranquilles à la maison, Isor et moi, j'avais trouvé une autre parade que la télévision pour l'occuper : nous faisions des tiramisus.

Ma sœur aînée m'avait envoyé le livre des recettes italiennes que nous faisait notre mère quand nous étions petits. Le tiramisu a toujours été ma préférée.

Ces après-midis-là, nous enfilions nos pires habits, ceux déjà magistralement tachés par nos précédentes séances-cuisine. Isor avait à peu près trois ans et demi à cette époque. Ce qui lui plaisait, c'était de toucher les différents aliments. Le mascarpone, le cacao en poudre, le café moulu. Elle aimait tâter la pâte, mélanger à pleines mains, s'émerveillant de chaque changement de texture ou de couleur. Son rire était continu, comme à d'autres moments pouvaient l'être ses cris. Sa joie, si puissante, oublieuse de tout ce qui se passait autour et qui nous attendait encore, je la lisais comme le signe de son courage insensé, et je m'en nourrissais.

Je me convainquais qu'elle m'offrait ces moments pour que je me repose, ces tout petits moments de normalité pour que je reprenne mon souffle. Et cela me faisait du bien.

mère

À lire sans cesse des résultats d'analyses, on en finissait par ne plus la connaître, par vivre avec une étrangère, ne sachant plus qui avait raison et qui avait tort, si ses crises d'énervement venaient de sa fatigue, des *médicaments* qu'on lui prescrivait et qui ne marchaient pas, ou bien du fait qu'elle nous en voulait de lui faire subir tout cela. Comment ne pas repenser à cette période comme à une interminable marche dans le désert ?

père

Petit florilège de ce qu'on a pu nous dire…

Sophie Plain, psychologue : « J'ai un ami qui fait actuellement un film sur les enfants sauvages, vous savez, comme celui de Truffaut ? Est-ce que vous accepteriez qu'on filme votre fille ? »

Docteur Sylvain de Coulis, gastro-entérologue : « C'est parce qu'elle digère mal le lait. »

Docteure Mélanie Marchant, addictologue : « Monsieur, ici vous êtes dans une structure de confiance où vous êtes protégé par le secret médical : pour le bien de votre fille, dites-moi, votre épouse a-t-elle consommé des substances illicites pendant sa grossesse ? »

Guy Dufour, orthophoniste : « Je connais un institut qui propose du yoga pour nourrissons et enfants en bas âge. Pourquoi ne pas l'y inscrire ? »

Alexandre Petit (interne), ORL : « L'hypothèse d'un syndrome rare touchant les canaux lacrymaux n'est pas exclue : votre fille sécréterait trop de larmes. On a relevé un cas similaire en Birmanie il y a deux ans. »

Mon frère : « C'est le climat de Paris, Camillio ! C'est du Sud que nous venons, nous, de Campanie ! Elle a le sang chaud, ta fille, c'est tout. Je te le dis, reviens vivre ici, elle se sentira mieux ! C'est comme la tante Lolina, qui faisait des syncopes dès qu'elle dépassait Naples. Je le sais, moi, ça, ce sont les douleurs de l'exil ! »

Docteur Arthur Legendre, neurologue : « L'IRM est normale, monsieur. Sans vouloir sortir de mes compétences professionnelles, il me semble que Dieu éprouve parfois les siens. C'est par le chemin de la peine que nous est finalement accordée la vraie joie. »

Docteure Amandine Blanc, psychiatre : « Partez donc un peu en vacances, prenez du temps pour vous. Cela devient ur-gent ! Isor a besoin de voir sa famille unie et heureuse. On continue de se voir tous les deux jours ? »

Sandrina Kowalski, notre ancienne femme de ménage : « Je ne veux pas me mêler de ce qui ne me regarde pas, mais, vous savez, je crois que c'est le mauvais œil. J'ai une petite nièce en Pologne dans le même cas, parce que sa mère a accouché pendant une éclipse. »

Un matin, Trousseau a mandaté une assistante sociale pour s'assurer que nous vivions dans un « environnement approprié et sain ». C'est ce jour là – Isor venait d'avoir six ans – que Maude et moi avons décidé de tout arrêter. À partir de là, nous avons décidé de ne compter que sur nous-mêmes.

mère

Au départ, les médecins étaient assez attentionnés, et surtout très dévoués. Ils voulaient réellement trouver ce qui n'allait pas. Mais, à mesure que les hypothèses les plus communes étaient écartées, j'ai bien senti que quelque chose d'autre s'amorçait. Isor fascinait, c'était un cas rare, une énigme que les plus grosses têtes des hôpitaux parisiens voulaient résoudre. Les yeux de ces grands chercheurs s'illuminaient après examen du dossier, comme si on avait annoncé à un géographe la découverte d'un nouveau continent, et de petits signes qu'ils laissaient échapper trahissaient non pas de la compassion mais de l'enthousiasme. Et chacun de me serrer la main avec une ferveur indécente et de me dire : « Nous trouverons, madame, nous trouverons. »

Les semaines s'écoulaient. Les tests sérologiques, psychologiques, les traitements médicamenteux, les rendez-vous chez les analystes, les orthophonistes, tout demeurait infructueux. Alors, avec le temps (quand était-ce ? aux quatre ans d'Isor ? à ses cinq ans ?), l'intérêt qu'on portait à notre dossier se transforma en une sorte de lassitude. Le « cas Isor » ne fascinait plus, et les médecins, mis nez à nez avec leur incapacité, écourtaient de plus en plus les visites. Il n'y avait plus rien à dire, sinon qu'Isor était *étrange*. Un adjectif comme un naufrage.

L'assistante sociale venue à huit heures trente un vendredi de mars ne fut que la goutte d'eau qui fit déborder le vase de l'exaspération mutuelle. Elle apposa un point final à une mécanique qui s'essoufflait.

père

Oui, je me souviens très distinctement de la voix de Maude, tremblante de volonté. (Elle avait encore la main sur la poignée de la porte qu'elle venait de fermer :) « Maintenant ce sera *nous*. »

Maintenant ce sera nous – rien que nous trois.

Tout un programme pour les années qui suivirent.

• • •

mère

Isor possède ce que j'appelle *la vraie beauté*. Moi, je ne suis pas belle. Ou, du moins, je ne le suis que par brefs intervalles. Il faut que cette beauté, je la mette en scène, que je prenne la pose. Pour certaines occasions, à Noël, à mon anniversaire, ou quand je suis d'humeur, je m'enferme dans la salle de bains et pendant une bonne heure je suis méthodiquement un processus éprouvé depuis de nombreuses années.

Lavage de cheveux, léger brushing au fer à boucler, maquillage – au passage j'épile un ou deux poils de sourcils qui dépassent – et pour finir choix d'habits dont je sais qu'ils me vont. Alors, oui, à ce moment *pile* où je sors, on peut dire que je suis belle. La scénographie est bonne, bien exécutée. Mais dès que je recommence à vivre, à bouger, le fragile équilibre vacille et le petit miracle se dissipe. Je redeviens ordinaire. Les cheveux se défont, telle expression du visage me donne soudain l'air idiote, ou tel geste (je me baisse pour ramasser un coussin qui traîne, je me sers à boire) plisse ma veste et brise la beauté immobile que j'avais orchestrée. Je n'ai pas de vraie beauté (je le dis sans rancune) car le moindre mouvement la détruit. Il faudrait que, sortie de la salle de bains, je m'assoie sur le petit tabouret de la chambre, le visage figé, et que mon spectateur me regarde exactement depuis l'angle demandé. Cela, je le sais, c'est être laide.

Isor est tout le contraire. C'est dans le mouvement qu'elle se révèle, qu'une grâce inexprimable et malhabile se met à l'habiter. Isor est belle lorsqu'elle est vivante – et heureusement pour elle, elle l'est tout le temps. Se rend-elle compte de la chance qu'elle a ? De l'étonnante perfection qui lui incombe ? Elle peut se rouler par terre, se coincer les cheveux dans le siège de la voiture, pleurer, mettre des habits trop grands, se tacher de sauce tomate, se prendre une averse, elle sera toujours magnifique, inconditionnellement. Pire que cela : le désordre lui va bien. Elle le porte comme un bijou. L'effervescence, le hasard sont ses parures qu'elle renouvelle à l'infini.

C'est quand la fatigue lui fige le visage, quand la langueur éteint son regard clair que ses menus défauts font surface : ses sourcils d'un demi-centimètre trop proches, le haut de ses oreilles un peu trop épais, la légère asymétrie dans l'implantation de ses cheveux…

père

Quand j'étais jeune, en Italie, j'aimais dessiner. Ma grand-tante Teresa m'avait offert pour ma communion un lot de vingt pastels et quelques feuilles. Lorsque j'avais un peu de temps (quand ma mère à la maison n'avait pas besoin de moi ou que mon maître d'apprentissage ne me retenait pas au garage), je parcourais les rues du village en quête de visages à dessiner, des visages écrasés de soleil mais solides. J'aimais dessiner les têtes fières et fatiguées des gens de mon pays.

En France, j'ai arrêté. C'est seulement quand Isor a eu six ans que je me suis remis au dessin. Elle était un parfait sujet pour mes couleurs.

• • •

père

Depuis que Maude a obtenu ses horaires aménagés et moi un temps partiel, les choses sont devenues plus faciles. Je suis à la maison, notamment, tous les jeudis après-midi (ce qui me rappelle ma propre enfance).

Si, à ce moment-là, Isor est tranquille, je l'emmène à Bercy Village pour lui acheter des DVD de documentaires animaliers : il n'y a rien au monde qui lui fasse plus plaisir.

mère

Au fond, je crois que, si elle aime regarder la télévision en langue étrangère, c'est parce que le français la distrait des images. Avec une langue qu'elle ignore, elle peut tout entière se laisser absorber par ce flot aléatoire et vivant de représentations. Elle a l'air hypnotisée de ne rien comprendre, comme si cela lui plaisait. De toute manière, tout ce qu'elle fait, elle veut le faire *vraiment*, sans aucune retenue. Elle veut aller au fond des choses, voir ce fond, et puis revenir, soulagée d'être allée jusqu'au bout. Il en va de même avec son incompréhension. Elle la pratique à la manière d'un sport extrême. (Elle est passée maître dans cet art).

Avec les années, elle a gardé une prédilection pour les chaînes japonaises. Elle est profondément apaisée par ces visages en apparence plus simples que les nôtres, où les yeux et la bouche sont posés sur un ovale – un dessin d'enfant. Elle aime entendre le japonais aussi. Cette langue la porte à la limite d'elle-même car elle n'y distingue plus la séparation des mots et des phrases. Elle aime regarder tous les programmes, mais surtout les actualités : cela la fait beaucoup rire que ça ne la concerne pas.

père

Si Isor aime les reportages animaliers, c'est que, tout à l'inverse, les animaux font ce qu'ils font, comme si personne ne les regardait. Là, elle coupe le son, et elle se laisse bercer par leur indolence.

Ce monde où chaque activité est essentielle lui paraît idyllique : manger, dormir, chasser, faire de la graisse, la perdre, marcher, marquer un territoire, le quitter, y revenir pour mettre au monde ou mourir. Je crois que c'est cette simplicité qui l'attire.

mère

J'ai du mal à comprendre pourquoi Camillio lui achète tous ces DVD. Ils s'empilent dans sa chambre chaque mois un peu plus. Elle doit bien en avoir deux cents maintenant. Et puis, ce n'est pas si facile à trouver, de nos jours, ce genre de choses, avec Internet. Mais manifestement cela leur fait plaisir à tous les deux (ce qui est plus que rare), alors je les laisse faire.

père

Quand Isor en a regardé un, il lui arrive fréquemment d'imiter l'animal en question, par jeu. Elle a pour cela un talent prodigieux. Des proies, elle reproduit les mouvements saccadés et anxieux, les regards brusquement jetés en arrière et les courses précipitées. Il semble qu'elle parvienne à ressentir cette peur du danger aussi invisible qu'imminent. Quant aux prédateurs, elle sait reproduire leur démarche arrogante et mesurée, les pattes qui se déplient et les poignets qui s'allongent avec assurance et fierté, leurs déplacements qui sont comme une longue ondulation à travers les forêts ou les plaines, un repos terrifiant de confiance entre les éclairs de la chasse.

J'ai dit « par jeu », mais le jeu est peut-être plus pour moi. Car, à bien y réfléchir, Isor, elle, est assez sérieuse.

mère

L'autre chose qu'Isor pratique assidûment, c'est l'imitation de langues étrangères. Après qu'elle a passé une après-midi complète devant la télé (et lorsqu'elle est d'excellente humeur), elle se met à contrefaire à la perfection ce qu'elle a entendu.

La première fois qu'elle a agi ainsi, j'étais toute chamboulée. J'ai paniqué, je l'avoue, me disant : « Oh non ! Pas encore quelque chose d'extravagant, d'incroyable, d'inclassable ! Pas encore ! »

Isor regardait avec enthousiasme les actualités hongkongaises alors que je triais des factures, installée sur la table basse du salon. C'était l'automne, j'avais pris mon samedi pour elle, il avait fait beau, nous étions allées plus tôt dans l'après-midi dans le petit jardin nous occuper du fraisier. Il devait être aux alentours de dix-huit heures trente, j'allais bientôt me mettre à cuisiner. Je parle à Isor (ni Camillio ni moi n'avons cessé de le faire, bien qu'Isor ne nous ait jamais répondu autrement que par de petits bruits). Nous lui parlons toujours normalement, comme si elle pouvait tout comprendre et comme si elle allait nous répondre. Parce que nous l'aimons, mais surtout pour nous créer un semblant de normalité dans cette mer d'incohérence et de bizarrerie où elle nous plonge. Je lui demande ce qu'elle voudrait manger : « Il reste du poulet, mais je peux aussi faire des crêpes. Tu sais, le plat de crêpes qu'après je mets au four ? » Et là, Isor me répond dans un cantonais parfait (à ce moment-là, je croyais qu'il était parfait). Je me lève en trombe et je me jette sur la télécommande pour éteindre le poste, espérant avoir halluciné. Je pose une nouvelle fois ma question. La même phrase sort de sa bouche, avec une intonation troublante de ressemblance. « Isor parle cantonais », me dis-je. La phrase tourne en boucle dans ma tête, ainsi que des « Il ne manquait plus que ça ! », « Il va falloir retourner chez le médecin », « Camillio va halluciner », « Mais quel médecin d'ailleurs ? », « Et si on nous avait vraiment échangé notre enfant à la maternité ? », « Elle est peut-être réellement précoce », « Pourquoi ne l'a-t-elle jamais montré avant ? », « Je vais devoir annuler mon entraînement à la caserne demain à sept heures ».

Me voyant au bord des larmes, Isor met ses mains sur mon cou (elle fait cela parfois pour retenir mes sanglots qui montent), et colle son petit nez à mon menton. Et alors que je manque défaillir, elle croit me consoler en poursuivant son inconcevable tirade.

Évidemment, je ne parle pas chinois. Je maîtrise l'anglais et un peu l'italien (ce que Camillio m'en a appris). Je ne pouvais absolument pas vérifier si ce qu'elle disait avait un sens ou non.

Isor a repris la télécommande et sélectionné une autre chaîne. Un film soudanais passait. Après une bonne demi-minute, Isor me regarde droit dans les yeux et me parle arabe. Alors que je croyais devenir folle, l'idée que peut-être elle ne faisait qu'imiter, comme avec les animaux, me traversa. Je changeai à mon tour cinq ou six fois de chaîne, et chaque fois

Isor exécuta parfaitement le même petit jeu. Je me souviens très bien que je ne savais plus qu'en penser, si cela devait me rassurer ou m'alarmer. Alors que j'étais aphasique, Isor, elle, parlait comme jamais, tout en me caressant gentiment le nez du bout des doigts.

père

Comme nous n'avions aucune envie de ramener Isor à l'hôpital, nous avons décidé de faire le tour des restaurants de cuisine étrangère de notre quartier. Chaque fois, nous demandions au gérant, à la fin du repas, si ce qu'Isor disait avait un sens. Nous répétions patiemment le même petit manège : « Elle a appris ça à l'école, elle doit le réciter pour demain, mais nous pensons qu'elle le prononce mal ». Chaque fois les gérants explosaient d'un rire sonore, ou tout au contraire prenaient en pitié cette enfant qui allait échouer superbement à son interrogation du lendemain. Quoi qu'il en soit, tous étaient formels : cela ne voulait rien dire. La méthode était certes alambiquée et nous coûtait un repas par langue, mais elle eut le mérite de nous éviter bon nombre de journées à traîner dans les services de psychiatrie infantile, ce qui n'avait pas de prix.

mère

Cela avait beau ne rien vouloir dire pour un locuteur de la langue en question, un *locuteur d'Isor* pouvait, lui, aisément y comprendre quelque chose. Du moins, moi, j'ai toujours cru en comprendre des bribes. Par fulgurances, lors de ces conversations impossibles dans une langue inexistante, et pourtant *parfaite* (on la jurerait vraie), j'ai l'impression qu'Isor nous dit véritablement tout ce qu'elle a en elle, toutes ses motivations, tout ce qu'elle fait.

Au fond, je crois qu'elle utilise ces *langues fantômes* parce qu'elle s'y sent en sécurité, protégée. Et aussi peut-être parce que ce sont les seules adéquates pour nous dire les choses impossibles dont elle veut nous faire part.

• • •

père

Les signes de l'affection d'Isor sont souvent illisibles. Le fait-elle exprès ? Les moyens qu'elle choisit pour nous dire qu'elle nous aime sont généralement à double tranchant, brutaux. À l'image de ce qu'elle pense de nous ? J'ai parfois l'impression qu'elle nous en veut : de ne rien pouvoir partager, de ne pas vivre dans le même présent qu'elle. Sait-elle qu'au fond de moi je ressens exactement la même chose, que je lui en veux d'être une étrangère ? De ne pas être moi, comme moi ? Nous en veut-elle autant que moi je lui veux ? Y a-t-il tout de même en elle de la reconnaissance pour tout ce que nous mettons en œuvre ? Pour notre patience, pour notre capacité d'acceptation ? Un minimum de reconnaissance pour le *sacrifice* (ce mot pèse si lourd en moi certains jours) que nous faisons de nous-mêmes ? Ou voit-elle notre abnégation comme une chose naturelle, évidente, nécessaire ?

Il me semble que rien n'est prévu en nous pour ressentir ce qu'Isor voudrait que l'on ressente pour elle.

mère

Le matin de mes quarante ans, Isor est venue me voir dans notre lit. Camillio dormait, moi, j'ai l'ouïe très fine et j'avais entendu le bruit feutré de ses petits pieds sur le parquet : Isor se tenait dans la chambre, immobile, postée comme un guetteur, inquiète. Elle s'était agenouillée sur le sol devant moi et avait un regard que j'ai cru suppliant. J'ai regardé l'heure, sept heures trente. Je lui ai fait un petit signe de la main pour qu'elle s'approche. Elle est venue coller son front sur mes lèvres. C'est un geste qu'elle fait d'habitude après s'être réveillée d'un cauchemar, peut-être pour que j'aspire sa peur. Elle avait l'air désemparée. De quoi ? Je l'ai embrassée et lui ai fait comprendre qu'elle devrait retourner se coucher. Ses yeux continuaient de brasser son trouble, inlassablement. Puis, sans transition, elle a tourné les talons. Je me suis rendormie.

C'était un lundi, mon jour de congé. Lorsque je me suis levée, à neuf heures, elle était partie. Camillio a passé la matinée avec moi, attristé qu'Isor n'ait pas compris (nous lui avions pourtant rappelé) que nous voulions être ensemble aujourd'hui. Moi, je n'étais pas en colère. Pas vraiment inquiète non plus, car j'avais complètement oublié la saynète du matin, étant donné que je m'étais rendormie après.

Ce n'est que vers dix-huit heures qu'elle est réapparue. Dans les mains, elle tenait un petit nid d'oiseau. Dans ses gestes, la supplique avait disparu, mais la peur était toujours là. Celle que je me fâche ? Elle me tendait le nid à bout de bras, à la manière d'une offrande, pour que je le prenne. C'était un nid abandonné.

Que comprendre ? Que c'était mon cadeau d'anniversaire ? Qu'elle l'avait cherché pour moi toute la journée ? Était-ce pour cela que ce matin (la mémoire m'en revenait alors) elle m'avait regardée avec insistance, pour me demander ce que je voulais qu'elle m'offre ? Parce qu'elle se sentait incapable de m'offrir quoi que ce soit ? Qu'elle était désemparée de ne pas trouver le moyen de me dire qu'elle m'aimait ? Ce n'étaient pas les seules hypothèses.

Je dis merci à Isor et la serrai dans mes bras. Elle se déroba rapidement pour aller dans sa chambre, me laissant avec mes interrogations.

Pourquoi diable ce nid ? Je tentais de refouler la suite. Ce nid était-il ce que je représentais pour Isor ? Était-ce un symbole de naissance ou celui d'un départ, d'un manque de liberté ? Me rendait-elle le nid dont elle ne voulait plus ? Cela signifiait-il qu'elle voulait nous quitter ?

J'ai tout de suite rangé au grenier son étrange présent. Dans notre grenier (à défaut d'avoir une cave, pour les y piétiner symboliquement) s'entasse ce que Camillio et moi voulons oublier : les dossiers médicaux, et tous ces bouts de passé, comme ce nid, dont nous voudrions qu'ils n'aient jamais existé.

• • •

mère

Quand Isor fait la sieste, son visage est si doux que j'ai pris l'habitude, parfois, de m'asseoir à côté d'elle.

Elle a la peau très fine et très blanche, encore plus que moi. C'est presque une feuille de soie, un paravent chinois sur lequel affleurent et peuvent se lire ses moindres humeurs. Elles lui montent à la peau, elles la maquillent. À l'instar des mouches que les courtisanes appliquaient à la cour des rois, les emplacements de ces taches sur le visage d'Isor ont tous une signification particulière. Si son nez est rouge, c'est qu'elle se réjouit. Si c'est les paupières, qu'elle a pleuré. Les joues, qu'elle est embarrassée. Quand vient le tour des tempes, c'est qu'elle est en colère. Et le front enfin, cela veut dire qu'elle est épuisée. Ces taches persistent parfois une bonne heure après que le sentiment est retombé. Cela me permet de savoir ce qu'elle a ressenti en mon absence.

Lorsqu'elle dort, on peut presque voir sur sa peau de lait les ombres de ses rêves qui passent. C'est pour cette raison que je reste près d'elle ; et alors j'imagine tout ce à quoi elle pense.

père

Cela fait plusieurs années qu'Isor nous isole dans la bulle du sacrifice. Nous nous sacrifions. Maude et moi nous sacrifions. Et nos amis et notre famille nous ont progressivement tourné le dos, ne voulant pas – surtout pas – plonger avec nous.

Isor a tracé ce cercle autour de nous (involontairement ?). À l'intérieur elle a tressé ce qui était naturel avec ce qui était inouï, ce qu'il fallait faire avec ce qu'il ne fallait pas faire, elle a bouleversé la norme et l'évidence en les faisant glisser vers son invraisemblance et son improbable à elle. Elle a commencé à nous faire vivre là-dedans en nous faisant digérer ses évidences. En nous soustrayant au réel.

Il y a des jours où je le vis comme une prise d'otage.

• • •

père

Tout s'est réellement accéléré vers ses dix ans. D'abord le coup des langues, puis le coup des *fugues*. Isor changeait. Elle grandissait ? Elle grandissait sans mûrir alors. Il y avait bien une croissance, quelque chose qui sortait lentement, mais aucun fruit. Je me résignais à cette idée : Isor n'était pas un arbre fruitier. Elle monterait certes vers le ciel, nous ferait de nouvelles branches, mais qui ne fleuriraient jamais.

mère

Il devenait de plus en plus intenable de la garder à la maison. Elle voulait sortir, rôdant près de la porte ou de la grille de la petite cour comme un chat, parfois durant plus d'une heure, le visage impatient et triste.

père

En réalité, nous avions très peur de la laisser sortir. C'était un cercle vicieux. Moins elle sortait, plus elle était en colère. Et plus elle était en colère, plus nous avions peur de sortir avec elle. Peur de quoi ? Du scandale ? De ne pas pouvoir la gérer hors de la maison ? Des regards dédaigneux des autres parents qui chuchotent d'un air mauvais : « Regardez comme ils l'ont mal élevée ! » ? Peur qu'elle se blesse ? Peur qu'elle s'enfuie ? Très peur en tout cas.

mère

Alors la situation, elle l'a résolue toute seule. Les premières nuits, nous ne nous sommes aperçus de rien. Puis j'ai remarqué de la terre sur ses chaussures, et de petits riens qui avaient changé (des attitudes soulagées et fières, le paillasson de travers, des griffures aux jambes qu'elle n'aurait pas pu se faire en dormant).

père

Ce fut Maude qui réfléchit froidement. Certes, elle partait. Mais elle revenait toujours. Tout de même, une enfant de dix ans, seule dans la rue ? Et là, ce n'était pas *Les Quatre Cents Coups*, ni Jean-Pierre Léaud qui faisait sa toilette dans les fontaines gelées du Luxembourg. D'ailleurs, où allait-elle ? Moi, je croyais mourir d'angoisse. Un matin, je l'ai surprise en train de rentrer, échevelée. J'ai failli la frapper.

mère

Camillio était prêt à la battre un matin. Comment décrire le caractère explosif de la situation ? Les mots étaient minés, chaque phrase pouvait tout faire sauter.

Nous marchions sur des œufs, des braises, des clous. Pourtant, nous avons parlé – du moins Camillio et moi lui avons parlé, et elle a écouté.

« Tu veux sortir, cela se voit. Ne nie pas, Isor, surtout ne nie pas ! Enfin, on ne va pas hausser le ton, non, cela, on ne va pas le faire, ne t'inquiète pas… *Ne t'inquiète pas*, c'est le maître-mot, non ? Personne ne veut que personne ne s'inquiète. Toi, Isor, tu ne veux pas que l'on s'inquiète ? C'est pour cela que tu fais ça la nuit, non ? Tu vois, on ne te comprend pas toujours si mal, ça, on le sait, tu vois. On le sait, que tu veux nous… Enfin non, pas nous *protéger*, mais nous… éviter de nous donner du souci. Mais tout le problème est là, ma chérie, justement. On se soucie. Ce n'est pas grave. Enfin, tout de même… pas grave… Ce que l'on veut dire, c'est que ce n'est pas notre souci qui est grave, tu vois, les parents, c'est fait pour ça, c'est fait pour se soucier… Mais voilà, c'est dangereux de sortir la nuit. Ça, par contre, c'est grave, et on ne sait pas si tu… Si tu t'en rends compte, Isor. Regarde-moi, s'il te plaît, Isor, regarde-moi. On ne te gronde pas, mais il faut trouver des… des règles, enfin, des terrains d'entente, enfin… Il faut qu'on soit d'accord, tu comprends ? Pas la nuit, Isor, pas la nuit. D'accord, on ne se fâche pas. Mais pas la nuit. Et puis, on ne sait pas où tu vas. Tu vas où, hein ? Parfois on pense que les choses sont sans risque, et puis… Le but n'est pas que tu aies peur, comprends-nous bien. Mais que tu sois raisonnable. Rai-son-nable, Isor. Tu saisis bien que, pour des parents, se rendre compte que… Enfin, ne revenons pas là-dessus. Voilà, on s'est dit que, peut-être, on pourrait te donner une petite balise GPS, comme ça on saura où tu es. On préfère te le dire. On te le dit, tu vois, on ne le fait pas dans ton dos. Et puis, toi, il faut que tu sois d'accord, évidemment. C'est un petit boîtier, tout petit, comme ça, pas très grand, on en a trouvé un sur Internet, et puis nous, on sait où tu es. C'est comme dans les téléphones, tu sais ? Enfin, ça, on a compris que tu n'en voulais pas. Mais, là, tu es d'accord, ma chérie ? »

père

Nous nous sommes aperçus qu'elle ne va jamais très loin. Elle se cantonne au triangle formé par la Seine, les Maréchaux et les lignes de train. C'est-à-dire qu'elle ne va jamais bien loin à l'ouest, jamais au-delà de l'Accor Arena, jamais sur la rive gauche (exceptées quelquefois sur le parvis de la BnF), qu'elle ne passe jamais outre les lignes de TGV qui entrent dans Paris à Porte de Charenton jusqu'à la gare de Lyon, et qu'à l'est, elle rebrousse chemin avant le boulevard Poniatowski. Ce qu'elle pratique surtout, c'est la grande pelouse devant la Cinémathèque et le parc. Ainsi que quelques rues attenantes.

mère

Quand elle disparaît, je crois, c'est pour être seule. Seule avec son chagrin. Elle part avec, pour l'examiner, l'accueillir et le vivre complètement. Elle le sonde, elle y plonge. Et elle veut le faire loin de nous. Comme si cette chose-là était à elle, et à elle uniquement, qu'il ne fallait pas qu'on y touche. Elle a ce chagrin-là qui parfois se pose sur ses épaules

– sa dissemblance qui la blesse tout à coup ? – et elle s'en acquitte, elle n'en veut à personne.

Elle essaye de ne pas nous infliger son malheur, oui, j'en suis sûre, ma petite, ma toute petite fille… Oh ! bien des gens ne comprennent pas, eux croient qu'elle cherche à faire de notre vie un calvaire. Le calvaire, c'est uniquement quand elle n'est pas assez forte pour porter son petit puits d'absolu. Et qu'elle éclate. Sur nous. Sur tout ce qui est autour d'elle, à vrai dire.

• • •

père

Et s'il était temps, aussi, de se remémorer ses colères ? Bien qu'il ne soit pas plaisant de les ressasser. Bien que ce soit aujourd'hui son anniversaire.

Elle ne serait pas elle sans ses colères. Il ne suffit pas de dire que parfois *nous sommes heureux quand même*, qu'on la regarde rire, ou rester allongée calmement par terre à caresser les franges du tapis, ou encore revenir d'une fugue avec une feuille dans les tresses et des glands dans les poches ! La vérité, c'est qu'il ne se passe pas deux semaines sans crise, sans furie.

mère

Le rythme auquel elles surviennent est irrégulier. On a cru, en treize ans, à des accalmies, à des aggravations. Mais en réalité, non, c'est imprévisible. Qu'est-ce qui les déclenche ? Rien n'est sûr, on a mis du temps à faire des conjectures. On a fini par vaguement saisir que c'était une forme de fatigue. À lutter contre un monde trop grand, trop violent. Il est alors trop difficile d'être elle, d'être Isor, de canaliser toutes les émotions qui l'habitent. Ou comme si elle ne savait plus lire ce qu'elle ressentait, comme si tout se brouillait, comme des ondes radio qu'on ne capte plus, entre deux stations, quand on entend à la fois l'une et l'autre, mélangées, interférées. Dans ces instants-là, elle se déborde, et elle explose. C'est toujours soudain. Un trop-plein. Un afflux de sensations qui la décollent d'elle-même.

père

Alors elle inspire une peur immense – son regard change. On croirait que de l'électricité sort d'elle, cherche à sortir d'elle. Ce n'est pas comme une crise d'épilepsie – là-dessus les médecins ont été formels. Mais elle a le regard de quelqu'un qui va tuer. Elle se ferme, totalement. Elle ne trouve que la colère pour se fermer comme une huître et se rendre aveugle, sourde, *insensible*. Dans ces moments-là, on pourrait lui couper un bras qu'elle ne le sentirait pas. Elle vous regarde comme si vous étiez mort ou que vous alliez mourir, ou bien qu'elle-même était morte ou qu'elle allait mourir. Et pourtant, ce qui l'habite, ce n'est pas une pulsion de mort. Pas plus qu'une pulsion de vie. C'est plutôt, comment dire ? Une pulsion de l'absence. Et elle enrage, frontalement, brutalement, contre tout ce qui l'empêche de *partir* – que ces choses-là soient en elle, en nous, ou dans les objets qui l'entourent. Ce n'est pas une rancœur, mais une haine qui s'exprime et qu'elle oublie, une fois vengée (oublie-t-elle vraiment tout de ses crises ? je le crois, oui).

Est-elle violente ? Oui. Comment ? Elle peut frapper, détruire. Blesser, se blesser.

Et puisque nous avons fait le choix de ne pas lui faire prendre de comprimés, de médicaments, de *drogues* (disons le mot), la seule chose à faire, c'est attendre, se protéger et espérer qu'elle ne se fasse pas de mal.

mère

Cela ne dure jamais longtemps – une demi-heure, tout au plus. Puis c'est comme une tragédie qui serait passée sur nous : l'appartement est en ruine, nous sommes épuisés. Nous, nous sommes épuisés d'avoir eu peur. Elle, d'avoir purgé tant de choses.

À l'issue de ces furies, on la retrouve toujours à terre, profondément endormie, avec le visage d'un ange qui dormirait depuis longtemps.

• • •

père

Isor, Isor, tu viens ? Maman vient de sortir le gâteau du four, il est temps de souffler tes bougies.

PARTIE II

La famille du numéro 14 avait toujours été très polie et très discrète, comme s'ils avaient eu quelque chose à se faire pardonner. Aussi ai-je été tout à fait surpris le jour où ils m'ont demandé (ils étaient d'ailleurs eux-mêmes très gênés) de garder leur fille pour quelques heures. Leur chaudière venait de sauter et avec elle toute une partie de la plomberie avait lâché. Un réparateur allait venir en urgence : il y aurait du bruit, de la poussière, plein d'outils encombrants et dangereux, bref, pas un endroit pour les enfants. Mais quel âge a-t-elle au juste ? Treize ans, ah oui. Plus tout à fait une enfant. Le père s'est raidi, la mère a eu l'air décontenancée et a failli reprendre par la main Isor qui venait d'entrer dans ma cour. Ils bafouillaient. Sans cet empêchement urgent, m'ont-ils dit, ils ne se seraient jamais permis de me demander une telle faveur (ils ont insisté sur le *telle*), alors qu'on se connaissait à peine. Sur ces mots, à l'angle, la camionnette du plombier arriva, et il fallut bien nous séparer. De toute façon, au moindre problème je pouvais les appeler, ils seraient là aussitôt.

Alors ils t'ont laissée, n'ayant eu le temps que de préciser : « Vous verrez, elle est un peu timide ! »

Le lendemain du dégât des eaux, tu es revenue me voir. Et le surlendemain aussi. Et le jour d'après. Et tous les jours qui ont suivi.

Une gosse dans la maison, avant toi, y en avait-il seulement eue ? Uniquement Phil, je crois, le fils de ma sœur, pour trois jours aux vacances de Pâques 1972. Un enfant flegmatique et apeuré qui ne réclamait jamais rien.

Maintenant que j'y repense, ils ne m'avaient même pas dit ton nom avant de te laisser, cette après-midi-là. Je pataugeais. Je n'avais pu t'appeler que « petite » ou « ma petite ». « Tu veux manger quelque chose, ma petite ? J'ai des biscuits au chocolat, si tu veux », « Je suis sûr que j'ai gardé un vieil étui à dominos quelque part, je vais te trouver ça, petite, ça va te plaire. » Ah, mon Isor, je ne crois pas que je t'avais donné mon nom non plus ce jour-là : dans ta tête je devais simplement être « monsieur ».

Pourtant, ton nom, je l'adore. Je te le dirai demain, quand tu viendras. C'est formidable comme il me fait voyager, ton nom. Isor, à mi-chemin entre Isidore et Igor. Isidore de Séville, c'est Carthagène, c'est l'évêque de cette Espagne wisigothe du vie siècle qui a écrit *Les Étymologies*. C'est l'Andalousie des premiers siècles du christianisme, et le Guadalquivir qui serpente depuis Cordoue et qu'ont peut-être remonté les Maures. Tout à l'inverse, à l'autre bout du spectre de ton nom, il y a l'hiver russe et ses vents glacés comme des coups de poignard. Un de ces noms du *Michel Strogoff* que je lisais enfant, et le périple de Moscou à Irkoutsk, capitale de la Sibérie orientale, pour avertir le tsar que les hordes de barbares déferlent. La force russe, la tragédie et la rage face aux envahisseurs – tout cela dans tes yeux grands ouverts.

Mon Isor, assurément ton nom était pour toi, un nom émaillé de vaillance ancienne, patiné de sagesse disparue.

Mon Isor, tu ne peux pas savoir comme j'avais peur. Cela faisait une petite éternité que plus personne n'était entré dans ma vie – que je faisais en sorte que plus personne n'y entre. Toi, tu as tout de suite voulu que l'on se *rencontre*.

Ma vieillesse, ma réclusion, ma tristesse, j'ai d'abord cru que tu ne les respectais pas, qu'elles n'étaient rien pour toi, que tu t'en fichais, et que tu agissais avec moi comme avec n'importe qui. Je me trompais. Tu as accepté tout de suite, sans m'en vouloir, sans les questionner, mon chagrin, mes vieux os, ma lenteur et tout le reste. Mais ta manière à toi d'avoir peur était de te précipiter – tu sautes à pieds joints, pour que ce qui doit arriver arrive, et le plus vite possible. Moi, je suis plutôt de ceux qui font durer les choses, jusqu'à ce qu'elles se délayent.

Un homme de mon âge, rien ne peut plus lui arriver, me disais-je. Je n'ai plus la force ! C'était mon privilège, qu'il n'y ait plus rien à faire.

Mais, vois-tu, je me trompais : à soixante-seize ans, j'avais encore Isor à rencontrer.

Une semaine après l'incident de plomberie, la mère d'Isor se représente à ma porte, à quatre heures de l'après-midi, avec des chocolats et le même petit air contristé. Elle me remercie, elle espère que je ne me suis pas senti obligé de m'occuper d'I… – elle s'arrête : elle voit sa fille, allongée sur le tapis, qui avance dans une concentration manifeste son pion d'autant de cases qu'indiqué sur les dés, le long du plateau de petits chevaux.

Silence.

Elle déglutit, elle reformule : elle me remercie, mais il ne faut pas (elle insiste sur le *faut*) que je me sente obligé de m'occuper de sa fille.

Elle a laissé les chocolats sur la table et elle est repartie. Une semaine après, j'ai reçu de sa part un mail qui m'expliquait avec force détails à quel point cohabiter avec son enfant était une tâche ardue pour ne pas dire impossible. J'y répondis avec autant de déférence que de brièveté.

Tout de même, ma toute chérie, tu ne t'es pas posé beaucoup de questions : est-ce que j'avais encore de la place pour toi ? Est-ce qu'on peut débarquer comme ça dans la vie des gens ? Du jour au lendemain dire « je m'installe » et défaire ses valises dans un cœur étranger ? Du jour au lendemain se mettre à habiter l'autre, à camper dans tous les recoins de son être ? Tout de même, ma petite, j'ai failli dire non. Mais tu savais visiblement ce que tu avais à faire. Et tu l'as fait. Et je n'ai pas voulu opposer de résistance.

Quand on est jeune, il est absolument impossible de s'imaginer ce que c'est qu'être vieux. Même avec un esprit vif et plein d'imagination, cette idée-là est hors de portée. Peut-être peut-on concevoir ce que le corps subit : l'arthrose, la faiblesse dans les jambes pour marcher, dans les bras pour soulever, dans les mains pour ouvrir le moindre opercule. Mais combien l'esprit se fatigue et s'oublie, non, non, c'est inconcevable. Le courage, la patience qui manquent à chaque imprévu. Les moindres perturbations vécues comme des bouleversements dont il faut parfois quinze jours pour se remettre. Cette impression qu'on a vidé tous les stocks : d'amabilité, d'enthousiasme, de volonté. Et cette étrange parcimonie de la tendresse qui s'instaure lorsque l'on se persuade que les réserves sont épuisées…

Ce fut comme l'apprivoisement d'une bestiole. Mais qui le lion et qui le dresseur ?

Je me souviens de cet instant où tu as collé ton petit museau froid pour la première fois contre ma joue. Tout cela s'est fait par étapes, tu as d'abord longé les murs du salon, touché du bout des doigts les objets quand je ne regardais pas, puis, le jour où l'on a chacun osé soutenir le regard de l'autre, c'est là que tu es venue poser ta tête sur mes genoux, tout comme on racontait dans les très anciens bestiaires que les licornes (animal féroce et belliqueux entre tous !) venaient d'elles-mêmes poser leur tête sur le giron des jeunes vierges pour s'y endormir, et que c'est précisément comme cela qu'on les capturait.

Dis, ma petite Isor, tu te rappelles ça ? Quand tu as mis ta petite bouille sur mes genoux calleux et durs, le tressaillement que j'ai eu, la crispation que j'ai dû surmonter, et que tu m'as laissé le temps de faire redescendre. Ce n'est que deux semaines plus tard qu'à mon tour j'ai réussi à te toucher, à poser ma main maladroite sur tes tresses, ne sachant pas vraiment comment te câliner pour te montrer que mon affection t'était acquise, et qu'il était trop tard pour faire demi-tour. Si j'ai autant hésité ce jour-là, si ma main a tant titubé dans tes cheveux, c'est que j'étais encore un peu en colère que tu m'aies forcé, comme ça, à t'aimer.

Au début, je me suis demandé si tu ne venais pas par dépit – non, le mot est trop fort. Par… facilité ? Après tout, nous étions voisins. Par habitude ? Parce que, passé deux fois, c'est déjà une habitude. Je veux dire, je me demandais si la recherche de ma compagnie chaque jour était un véritable choix de ta part.

J'ai toujours distingué deux types d'amitié. Les amitiés de circonstances et les amitiés par élection. La différence, la hiérarchie que j'établis entre les deux ne se dit pas en termes d'intensité mais plutôt de prestige moral. Je m'explique. Les amitiés de circonstances (le principe est également valable pour l'amour) se nouent sous une certaine forme de contrainte : nous sommes camarades de classes, collègues, colocataires, voisins. C'est *à force de* se voir que nous devenons amis. *Par la force des choses.* Je ne nie pas qu'il faille toutefois un terrain fertile pour que ce genre d'amitié s'établisse – ainsi, nous ne sommes pas amis avec *tous* nos voisins. Mais la proximité quotidienne enclenche voire force un processus qui, autrement, aurait pu ne jamais advenir. Chaque jour ou presque, le quotidien partagé alimente les conversations et il n'est besoin d'aucun effort pour savoir où et quand se voir, ou quoi se dire. Ces amitiés ou amours de circonstances remplissent nos vies et je ne les méprise pas. Mais il me semble qu'un type de relation supérieure existe : celle par élection. On se croise un jour et, entre nous, les évènements naturels devaient s'arrêter là. C'est nous qui décidons de faire entrer l'autre dans notre vie. Certains qu'il s'agit là d'une chose d'importance, nous nous rappelons, nous nous donnons des rendez-vous, nous nous écrivons puisque nous voulons changer le cours du destin et nous fabriquer de toutes pièces, par la seule force de notre volonté, un quotidien où l'autre soit.

Évidemment, ces deux modèles sont des vues de l'esprit, auxquelles la réalité correspond rarement tout à fait. Néanmoins, on peut difficilement nier que les amitiés de circonstances ont plus de risque de péricliter que les autres, le temps passant. Je change de classe, de métier, je déménage, et je me rends compte que nous n'avons plus grand-chose à nous raconter, une fois séparés. On ne peut plus médire sur l'odieux professeur de géographie, ni critiquer la DRH, on n'a plus d'anecdotes à partager sur la vie du quartier. Dans certains cas, bien sûr, une amitié de circonstances se transforme en amitié par élection. Mais la règle est, me semble-t-il, que plus on implique notre volonté (plus elle est mise à l'effort), plus l'amitié a de valeur.

Dans ton cas, ma toute chérie, j'ai fini par comprendre que tu ne venais pas par une quelconque facilité – nous avions beau être voisins, en treize ans, je n'avais jamais vu le moindre épi de tes tresses. Non, non, tu m'avais *choisi*.

Enfant, j'habitais déjà rue de Pommard. Mais un peu plus loin – c'était bien avant qu'ils construisent l'Accor Arena. Juste à la fin de la guerre. Quand, à Bercy, il y avait encore les entrepôts. À vrai dire, c'était un petit monde qui reprenait vie après l'Occupation, avec ses travailleurs qui habitaient sur place. Le centre le plus considérable de la région parisienne pour la vente en gros de vins et d'eaux-de-vie. Des rangées à n'en plus finir de tonneaux contre le quai. Un ballet de chevaux, de grues et de péniches. Toutes les forces, animales, humaines et mécaniques étaient les bienvenues dans la danse. Et les quelques alcools non taxés, on les buvait dans les guinguettes juste à côté, sur les berges.

Bercy était une enclave, quarante-deux hectares entre les rails (les rails de la gare de Lyon, dont la gare de Bercy n'était qu'à l'origine une extension pour les marchandises) et la Seine. Maman a connu la crue de 1910. Heureusement, elle habitait les étages, mais dans tout le quartier c'était Venise – une Venise boueuse et nauséabonde. Il y a d'ailleurs une plaque en ce sens, à deux pas de la maison, à l'angle de la minuscule rue Chablis. À une trentaine, peut-être une quarantaine de centimètres du sol, un rectangle vert avec ce trait : « CRUE DE 1910 ».

Tout change si vite. Un matin, on se retrouve à vivre dans un autre monde. Les entrepôts ont périclité dans le courant des années 1970.

Lorsque je suis revenu vivre ici, il y a trente ans, c'était pour faire *comme si de rien n'était*. Comme si j'étais toujours enfant, comme si je n'avais rien vécu. Alors forcément, au début, ce fut très difficile, j'avais du mal à reconnaître mon enfance dans ce parc si propre et si carré. Et cela ne s'est pas arrangé quand, plus tard, ils ont construit cette allée de boutiques de chaînes dominées par l'UGC, cette pyramide d'herbe et de verre avec sa patinoire et ses concerts, ces tours ocre-brun de la Bibliothèque nationale et cette passerelle qui ondule au-dessus de la Seine. Lorsque je suis revenu, seul le bruit des trains n'avait pas changé. Je passais et repassais sous les ponts de la rue Proudhon et du boulevard de Bercy. Il y avait aussi, artefact qui avait résisté, les lettres capitales qu'on aperçoit depuis le pont National et qui signalent « Gare frigorifique de Paris Bercy » – six voûtes, le Tunnel des Artisans. Ça non plus, ça ne s'était pas évanoui. Depuis le boulevard Poniatowski, ils ont récemment ouvert un passage pour marcher au-dessus. Et tout cela se raccroche à la petite ceinture – oui, définitivement, le quartier des trains.

Mais je suis assez doué pour me convaincre de choses imaginaires. Au bout de quelques mois, à force de petits exercices, j'ai eu vite fait de rafistoler ma mémoire et de transposer tous mes souvenirs dans ces nouveaux décors. Et me voici désormais dans le quartier où je suis né et dans lequel *j'ai toujours vécu.* Ce quartier que *je n'ai jamais quitté.*

Les rites entre nous ont coulé de source, à croire que des ancêtres nous les avaient préparés. Soudain, nos marques étaient déjà là, tracées depuis toujours. À savoir que tu sonnerais chaque fois sans ménagement mais, sans attendre, tu te glisserais par la fenêtre. Tu lancerais tes chaussures (tu as horreur des chaussures) contre le mur du couloir (qui est désormais tapissé de petites marques de salissures). Je sortirais alors les deux tasses du buffet (celle en porcelaine à fleurs pour moi, et, pour toi, celle en résine à paillettes que tu m'as ramenée un jour après l'avoir glanée je ne sais où). Pendant ce temps tu aurais attrapé dans le frigo la carafe de chocolat froid que j'aurais préparé dans la matinée. Et, une fois servie, tu te jetterais sur mes genoux car nous ne saurions boire notre collation qu'à la suite d'une étreinte. De tes petits doigts, tu me décoifferais ensuite les sourcils. Alors tu sourirais et je dirais : « La Isor de Lucien et le Lucien de Isor. » Ce petit jeu entre nous ouvre un espace où nous pouvons n'exister que l'un pour l'autre.

Je dis « ont coulé de source ». Il a fallu tout au plus deux ou trois semaines, le temps de quelques ajustements. Que je comprenne que tu n'aimes ni le thé ni le café, que tu comprennes que je suis drôlement lent pour aller t'ouvrir la porte…

Dis, dis, à quelle heure reviendras-tu demain après-midi ?

J'ai toujours été mal à l'aise en compagnie d'enfants. De mon temps, les enfants, soit on les ignorait, soit on les traitait en adultes avant l'âge. C'était nous, les adultes, qui tirions leur sort à pile ou face. Aujourd'hui, j'ai l'impression que les enfants ont perdu leur étymologie. Ils ne sont plus *in-fans*, ceux qui ne parlent pas encore : ils ont appris à importuner. Ce sont des boîtes à questions, des moulins à demandes. Toujours à attendre de vous quelque chose. Pire que des créanciers, ils vous réclament des comptes.

Ils fouillent dans votre vie, ils fouillent dans votre moral. *Pourquoi tel objet est ici ? Pourquoi tu as fait tel voyage ? Pourquoi tu es triste quand on parle de Cécile ?*

Isor, elle, ne réclame rien. En dehors de mon affection, elle n'attend aucune réponse. Et si elle prospecte, c'est toujours sans me solliciter.

L'autre jour, au moment de me réveiller de ma sieste, j'ai eu comme un flash. Je me suis vu non seulement nu mais écorché, marchant bras ouverts dans un paysage de sel. Je n'ai aucun doute sur ce que cette vision signifie. Qu'il faut que je me protège un peu de toute cette affection qui m'envahit. Je ne pardonne pas tout à fait à Isor, malgré ce que j'en pense. Elle ne sait pas ce qu'aimer veut dire, accaparée comme elle l'est par son sentiment, tout neuf. Moi, je sais ce que perdre implique, et je veux ne jamais avoir à le revivre. Jamais. À son âge, on dit merde aux risques, merde aux conséquences. Au mien, on prend toutes les précautions du monde.

Dans une vie on n'a qu'un stock limité de patience et d'endurance. Je l'ai dit, je sais qu'il m'en reste très peu, et j'économise. Je ne saurais faire face à une perte de plus. Elle, elle est encore à l'âge où l'on se remet de n'importe quoi, où l'on encaisse les coups. J'ai peur d'une catastrophe – c'est dans ma nature. Il ne faudra plus jamais m'abandonner… (Je crois que je pourrais en pleurer.) Il est vrai, comme le notait Sénèque, que les vieillards sont pareils aux petits enfants, pleins de peurs imaginaires et d'impatience.

Non, Isor ne sait rien encore de l'attachement et de comment cela peut vous éviscérer. Je lui aurais volontiers accordé une affection superficielle. Mais j'aurais été ridicule. À la manière d'un convive invité à un festin gargantuesque qui n'aurait ramené à l'hôtesse qu'une tulipe protocolaire. Non. Isor exigeait un absolu, sans même un « s'il vous plaît ». J'ai repensé à cette demande impérieuse, impolie mais si courageuse du *Petit Prince* : « Apprivoise-moi ! Apprivoise-moi », dit le renard. « Apprivoise-moi », invitait Isor. « Il faut être très patient, continue le renard. Tu t'assoiras d'abord un peu loin de moi, comme ça, dans l'herbe. Je te regarderai du coin de l'œil et tu ne diras rien. Le langage est source de malentendus. Mais, chaque jour, tu pourras t'asseoir un peu plus près… »

Si tu savais, mon Isor ! Je ne suis qu'un petit homme tout cassé. L'organe qui sécrète la joie (car il y en a forcément un, non ?) a cessé de fonctionner en moi il y a bien longtemps. Seul, je n'ai plus la capacité de me réjouir. Et lorsque je n'ai pas le courage de me trouver des distractions, je suis forcé à de longs tête-à-tête avec ma tristesse. Je commence à bien la connaître. On en a passé des heures, elle et moi. Puisqu'il n'y a plus qu'elle qui me visite encore. Nous nous confondons, je suis devenu un *homme triste* sans m'en rendre compte. Les regrets, la douleur, je ne sais pas comment, mais j'ai réussi à les faire taire. La tristesse, jamais. Tout s'est anesthésié en elle. Tu sais, mon Isor, un jour la vie vous fait une crasse comme il n'est pas permis, et quelque chose en vous ne se répare jamais – ça ne sert même à rien d'essayer. Et on se laisse redéfinir, comme de la pâte à modeler. D'intrépide, vous devenez flegmatique, de solide, vous êtes désormais un peu las. C'est ainsi.

Toi, tu as de la joie pour trente. À défaut de produire la mienne, je peux au moins siroter celle qui s'écoule de toi.

Mais voilà que, pourtant, j'en arrive à espérer qu'un jour tu saches réparer ma joie.

J'aime sentir que tu te loves, malgré moi, dans chacune des heures de ma journée.

Auparavant, j'avais, comme tous mes congénères *les petits vieux*, un de ces emplois du temps absurdes mais millimétrés, auquel on s'astreint avec la rigueur d'un Kant pour tendre des pièges à l'ennui. Oui, tous les petits vieux ont le leur, et quand est venu mon tour, je n'ai pas su me soustraire à la règle. Planifier des activités futiles à heure fixe et ne jamais manquer ces rendez-vous imaginaires. À seize heures, mots fléchés, à dix-huit heures, une émission sur la 2… *Et cetera*. Pour ma part, tout commençait et finissait par de la musique, la seule chose qui, véritablement, me faisait encore me lever le matin et dont l'attente me permettait de tenir jusqu'au soir. Réveil à huit heures : de huit à dix heures, musique. Musique de chambre, plutôt baroque : formel tout en restant divertissant. Parfois un peu de « musique du monde » : musique traditionnelle iranienne, ou indienne – dose mesurée de légèreté. De huit à neuf heures, tout en écoutant, je mangeais, m'habillais et faisais un peu de ménage, mais de neuf à dix heures, je m'installais dans mon fauteuil pour devenir pure oreille, récepteur occupé à accueillir. Dix heures : l'heure des courses – ou de la promenade quand on ne trouve vraiment rien qu'il faille acheter. Là aussi, il faut se créer des parades pour que cela dure cent vingt minutes : acheter toujours de très petites quantités ou s'inventer des habitudes dans des boutiques à l'autre bout de Paris. De midi à treize heures, je cuisinais. Treize heures trente : début de l'après-midi, les choses sérieuses commençaient. De treize heures trente à dix-huit heures, je lisais, dans le jardin quand il faisait beau. Des biographies de musiciens, des ouvrages de musicologie, mais aussi des classiques de la littérature, Madame de Lafayette, Rousseau, Goethe. J'aime les romans, la sincérité, l'héroïsme. Je fuis l'aigreur, l'ironie, la polémique. Jamais Voltaire ! Jamais les plaisantins, les Rabelais, les Diderot. Et puis un peu de littérature grecque ou latine, à petite dose. Des poètes surtout, très peu de théâtre, et les lettres de Sénèque. Oh, et beaucoup de romans russes, aussi, oui, beaucoup. De treize heures trente à dix-huit heures, il y a quatre heures trente. À raison d'une trentaine de pages par heure, je lisais dans les cent trente-cinq pages en une après-midi. Je pouvais monter jusqu'à cent soixante, les jours fastes. Puis, dîner, léger. Et musique, musique, musique, parfois jusque tard dans la nuit. Et cette fois, la grande musique, sans concession. Wagner, Mozart, Mahler. Des opéras, des quatuors, des morceaux qui durent, qui durent, et où l'on s'oublie.

Mais à présent tout a changé – à grands fracas ou subtilement. Tu m'as débarrassé de mon angoisse des après-midis. Tu arrives toujours vers quatorze heures, et tu repars un peu avant vingt heures. J'ai d'abord dû décaler les heures de mes repas, puis j'ai reporté et raccourci mes séances de lecture. Une heure le matin, au lit, et une heure le soir – depuis un mois je me suis ainsi lancé dans une relecture de *La Nouvelle Héloïse*, j'avance très lentement. Je rogne de la sorte sur mes heures de musique, mais, à mon grand étonnement, cela me pèse très peu. Premièrement, parce qu'un cœur qui aime gambade et divague à loisir : j'ai donc perdu une part de ma concentration prodigieuse de vieillard. D'autre part, parce que nous écoutons très fréquemment de la musique ensemble, avec ma toute chérie, et que désormais je prise bien plus ce plaisir partagé que mes anciens mysticismes solitaires.

On passe sous ma fenêtre, il est minuit – une bande de brailleurs qui rentre d'un concert à l'Arena. Ils chantent, ils se bousculent, rient fort, cognent dans des cannettes pour en extraire ce bruit caractéristique de la désinvolture et de l'ennui – ils sont démonstratifs, mettent tout en œuvre pour coller à l'image qu'ils se font de leur jeunesse. Dans la maison, on entend juste le bruit de la pendule, son battement discret qui s'écrase contre la moquette. Et le contraste le transforme tout à coup en une torpeur pire que le silence – la pendule est un son dont on sait qu'il ne sera pas interrompu. Nous qui sommes en bout de piste, ne bouche-t-on pas la vue à ceux qui ont encore la vie devant eux ? Serais-je égoïste ? La question résonne comme un crime. Quelle jeunesse est-ce que je lui donne, à ma petite Isor ? Cloîtrée avec un septuagénaire. À écouter des symphonies de compositeurs « si vieux qu'ils chient du marbre », comme ils lancent dans l'*Amadeus* de Forman – et ce mot ne fait pas rire l'empereur.

Pourquoi suis-je si violent envers moi-même ce soir ? Sa jeunesse, en aurait-elle de meilleure si je n'étais pas là ?

J'ai pris l'habitude de ces états d'âme, on ne lutte pas contre eux : il faut les laisser venir et repartir quand bon leur semble. À eux de dicter le rythme, à nous de ne pas les entraver dans leur danse. Pourtant, ce soir, je sens que je marche au-dessus du vide.

Qui suis-je, moi ? Pas celui que je devrais être ?… Oh, je serais *un amoureux* ? Pourquoi tout devient-il ridicule à nos âges, vicieux, interdit ? Ce qui est beau devient sale. Même l'or est maculé de boue. Si quatre-vingts ans est un âge naturel dans l'existence, pourquoi rien ne lui est-il adapté ? Aucun printemps n'est plus pour moi, et il ne faudrait pas voler ceux des autres… Alors, qui suis-je pour elle ? Son sauveur ? J'aimerais qu'elle pense toujours à moi avec douceur.

Silence. Silence et apprivoisement. Surtout, que cela dure, que cela dure longtemps.

« À ton tour, ma petite puce ! » Te souviens-tu qu'au début tu étais mauvaise perdante ? Ah oui, oui, et furieusement, même ! À chaque défaite, tu renversais le plateau comme pour effacer ta honte par ta colère. Et cinq minutes plus tard, te voilà à ronronner pour une nouvelle partie. Alors, forcément, il m'est arrivé de te laisser gagner. Ça t'a donné le temps de t'améliorer. Et d'assimiler les règles, car tu perdais faute de vouloir comprendre. Mais j'avais tout mon temps, alors on a fini par obtenir quelque chose : tu es devenue la reine des petits chevaux et du *Mille bornes*. Plus besoin de te laisser gagner pour que tu remportes d'éclatantes victoires.

De toute façon, tu préfères les jeux avec une grande part de hasard, non, ma toute chérie ? J'ai remarqué ça. Comme si tu répugnais d'avance à toute stratégie, comme si elle ne pouvait être que mesquine. Pas que tu n'aimes pas réfléchir, non, non, non. Mais ce que tu cherches dans les jeux, c'est le *théâtre*, les revirements de situation inexorables, quand pour de faux le sort vous abaisse ou vous élève. J'ai raison ? Je commence à bien te connaître. Se laisser bercer par le hasard… Faire comme si c'était très important, oui, de la plus haute importance… Et, une fois le jeu rangé, n'en avoir plus rien à faire des gains et des dommages. Et surtout, surtout, que l'on rigole, toi et moi. Toi, de mes bourdes de vieil oublieux et moi, de tes fulgurances.

Dis, dis, tu reviendras demain, c'est promis ?

De tous les jeux, il m'apparaît que tu as un faible pour les dominos. Tu es fascinée par les minces pièces en ivoire, si lisses, si brillantes, et dont l'entrechoquement fait un bruit clair. Tu aimes les déballer un à un de leur étui en cuir noir.

Quand c'est moi qui les sors, je les installe sur la table de la salle, et tu viens t'allonger sur la nappe pour jouer, à plat ventre. Quand c'est toi qui le sors la première, tu l'installes sur le tapis du salon et c'est moi qui viens m'asseoir, avec un coussin, par terre. Avant toi, en dehors de ce que requérait mon métier, je ne m'asseyais jamais que sur des chaises ou des canapés, et occasionnellement sur des bords de lit – mais jamais au sol. La première fois, j'ai pris un fauteuil. Au bout d'une semaine, en faisant la moue, je suis descendu à terre comme toi. Je l'ai fait par pragmatisme, le plateau étant trop loin sinon, avec une maladresse un peu guindée. Les fois suivantes, je m'asseyais près de toi avec le plaisir de celui qui s'octroie une licence incongrue.

Nous avons chacun nos usages, sans que cette différence nous gêne. Nous laissons l'autre profiter de son propre système, tout en étant curieux de cet écart, que nous essayons malgré tout de gommer.

Ce midi, j'ai croisé ses parents au marché, boulevard de Reuilly. Je ne savais pas qu'ils y avaient, eux aussi, leur routine du vendredi – il faut dire que d'habitude j'y vais plutôt à la première heure. Je n'avais pas revu son père depuis le jour du dégât des eaux, et sa mère depuis qu'elle était passée m'offrir les chocolats. Cette femme, je ne l'aime pas beaucoup. Pas que je sois allergique aux conseils, mais j'avais trouvé son mail franchement désagréable. Catégorique, injonctif. Hypocrite. Dix mois plus tard, je reste persuadé de son insincérité. Si elle m'a décrit par le menu les « problèmes » d'Isor, ce n'était pas par gentillesse, pour me préserver. C'était, je le crois bien, pour m'éloigner de sa fille. Pour que je prenne peur. « Faites attention, Isor est difficile. » Ou alors est-ce moi qui n'aime pas que l'on critique ma petite puce chérie ? Non, non, on ne dit pas « Ne vous attachez pas trop », c'est non seulement très déplacé mais parfaitement absurde ! Et puis, il était trop tard, c'était déjà déraisonnable entre nous. Elle n'avait pas envisagé que cela puisse aller si vite si loin. Sa manière de me remercier « pour l'autre jour, pour la chaudière » était une manière de me dire que ma tâche s'arrêtait là, une manière de me congédier. Suis-je un peu paranoïaque ? Non, je ne crois pas, puisque j'avais totalement arrêté d'y penser, jusqu'à ce matin. Sur le boulevard, son regard semblait à nouveau saturé de reproches mal dissimulés. Peut-être est-ce dans la nature des mères d'être jalouses ? Non, la mienne ne l'était pas.

Ou bien a-t-elle peur que je les dénonce aux services sociaux ? Isor n'est pas scolarisée après tout. Mais non, vraiment, non, j'avais été clair sur ce point, j'approuvais tous leurs choix. Retirer Isor du système médical, qui manifestement lui était inadapté, était la meilleure chose à faire, je leur ai dit. Elle ne voudrait tout de même pas me faire prêter serment sur l'honneur ?

Camillio, lui, m'est plus sympathique. Il paraissait sincèrement content que l'on se croise, sa poignée de main était chaleureuse. Il a profité de ce que sa femme s'éloigne quelques instants pour me dire qu'il était ravi de l'« émancipation » de sa fille. « Elle ne sera jamais *normale*, il faut s'y faire, mais au moins, avec vous, elle ne s'ennuie pas, je crois… Et puis, elle développe, disons, des qualités sociales. C'est déjà ça de pris. » Il souriait un peu bêtement et j'étais un tantinet vexé d'être perçu comme une sorte de puériculteur bénévole. Mais au moins, pas d'agressivité latente. Lui non plus ne semblait pas conscient du sérieux de la situation – en un sens, tant mieux.

Dès que Maude s'est rapprochée, il a aussitôt changé de sujet, m'enjoignant de faire de même. Ils ne paraissaient pas en grande entente…

Avec ma toute chérie, je révise mille de mes petites certitudes. Je pensais par exemple que la fierté était un des pires défauts du monde, qu'il engendrait l'orgueil, le repli sur soi et le mépris, qu'il empêchait de remettre en question nos torts. Mais Isor est fière. Sans crier gare, cent fois par jour, son regard s'emplit de cet air à la fois buté et réjoui, qui vous défie. Oui, vraiment, elle est fière. Mais personne ne sait mieux écouter qu'elle, personne n'est plus attentif, plus attentionné.

Hier, en échangeant avec le disquaire de la Fnac, à Bercy, j'ai appris que, fut un temps, le père d'Isor venait avec elle tous les jeudis pour lui acheter des DVD. « Ah, vous fréquentez la petite ? Houla, monsieur Vincent, vous ne savez pas dans quoi vous vous embarquez, c'est des spéciaux, ceux-là. » Je connais depuis presque dix ans ce responsable de rayon, Florian. Il est un peu commère, a une mémoire prodigieuse et adore discuter. Il commença à me raconter tout ce qu'il savait sur les parents. Qu'ils étaient toujours très soucieux et très tendus, toujours sur le qui-vive quand ils sortaient avec leur fille. Qu'ils vivaient reclus tous les trois dans un huis-clos anxieux. Qu'un jour, à bout de nerfs, le père s'était un peu épanché, révélant qu'il avait des troubles du sommeil depuis le pseudo-diagnostic de sa fille, et c'était vrai – d'après Florian – qu'il avait de lourds cernes. Il n'avait alors pas l'esprit très clair, et répétait le mot de « sacrifice », il avait été à deux doigts d'insulter sa fille, ce jour-là. Florian précisa qu'Isor lui avait bien fait tomber quelques piles de DVD une ou deux fois, mais qu'elle n'avait jamais fait de « scandale ». Qu'il voyait de temps en temps la mère aussi – elle venait principalement au nouveau rayon papeterie –, une femme touchante, extrêmement dévouée et généreuse, mais par moments en retrait, effacée. Courageuse et discrète. Elle est pompier – je l'ignorais – à la caserne de Reuilly, juste à côté. Oui, vraiment une femme pleine de courage. Mais fuyante, très pudique – l'adjectif revint plusieurs fois. Selon Florian, le problème, c'était le père – et puis sûrement la gamine, mais ça, il n'avait jamais pu le constater.

Je dois dire que son compte-rendu me troubla. Il allait à l'encontre de ma propre opinion. Le père sympathique, la mère non. Enfin, pour y avoir réfléchi depuis hier, tout pourrait quand même coïncider. La mère, une femme aimante et dévouée, s'est entièrement investie pour sa fille : aussi peut-elle vivre mal le fait qu'Isor se sente mieux avec un inconnu. Elle qui aurait tant voulu être complice avec son enfant, se voit voler la vedette par un vieillard grabataire. La douceur se fissure, éclate en jalousie et ainsi naissent les mauvaises intentions. Quant au père, si son « sacrifice » est vécu comme pesant et injuste, il ne paraît pas anormal qu'il se retrouve soulagé de partager cette « charge » avec moi. Pour lui, cette délégation des tâches doit être le plan rêvé – d'ailleurs, je ne me souviens pas qu'il avait des cernes le mois dernier quand je les ai vus. Et alors c'est celui *qui aime le moins* qui agit le mieux.

Suis-je trop cynique ? Je cherche à comprendre. Pour Isor. Et pour nous. Je ne voudrais pas que l'on dresse des obstacles entre mon soleil et moi. Ça, je ne saurais pas le supporter.

• • •

J'aimerais tout posséder pour pouvoir tout t'offrir.

Je dis ça alors que rien ne nous manque. Ou peut-être un orchestre privé ? Un tapis plus moelleux ? Ta tête sculptée huit fois en guise de pion sur un plateau de petits chevaux ? Un théâtre dans l'arrière-jardin avec des chaises à fleurs et à paillettes ? Des journées faites seulement d'après-midis et aucune nuit pour les séparer ? Que je sois un adolescent, pour qu'on ait un futur plus long que notre présent, et que je sois tout frêle et tout chétif, pour qu'à ton tour tu me prennes sur les genoux. Que l'on m'accorde un vœu pour souhaiter que tous les tiens se réalisent. Que tu aies des chaussures à grelots et que la maison soit pleine de couloirs pour étirer ces moments où je t'entends venir vers moi.

Que l'on redouble mes langueurs, demande l'Ami à son Aimé dans la poésie de Raymond Llulle.

• • •

Ta mère m'avait prévenu que tu avais des rythmes dans le corps.

Je me rappelle distinctement que, dès les premiers jours, tu observais avec curiosité ma collection de CD, qui occupe tout le mur central du salon. Je crois que tu n'avais jamais vu de musique sous cette forme – ou alors étaient-ce les fins rectangles colorés des tranches qui t'intriguaient ? Tu approchais ta main des couvertures, le velours du Collector de Sinatra, le noir mat de l'intégrale de Verdi. Et puis, un jour, tu es arrivée alors que j'avais lancé *Les Quatre Saisons*. C'était la fin du *Printemps*, les violons étaient déchaînés et tu as poussé un cri. Tu étais soufflée, terrifiée. Un sanglot montait en toi, je le voyais aux hoquets qui faisaient vibrer tes épaules. Comme quelqu'un qui viendrait de découvrir son reflet dans un miroir et serait bouleversé par sa propre image. Tu ne voulais pas que j'éteigne, tu te débattais. Tu as écouté le morceau jusqu'à la fin dans un état d'urgence, presque de survie. Il y eut un large silence. J'étais tétanisé à l'idée de t'avoir fait de la peine. Tu m'as regardé, en pleine catastrophe. Tu as pointé une dizaine de CD sur les étagères. Tu voulais les entendre. Tous. Nous n'avons fait que cela de l'après-midi. Et toute la semaine qui suivit. Tu voulais *tout* entendre. Avide. Tu aurais voulu être le compositeur, et puis l'instrument, et puis l'auditeur, et puis la musique elle-même. Tu écoutais comme on regarde un portrait de soi, fait par un inconnu. Avec sidération. Avec harmonie. La solitude enfin anéantie.

Avons-nous jamais été à ce point *ensemble* ?

J'admire tellement et je t'envie cette intelligence que tu as, une intelligence tout émotionnelle, toute corporelle. Moi aussi la musique me touche, me bouleverse même parfois, mais entre elle et moi, il y aura indéfectiblement cette médiation de l'intellect. Toi, tu accèdes aux vérités – de la musique comme du reste – avec un instinct quasi physiologique. Chez toi, c'est le corps qui pense, et il ne se trompe jamais.

• • •

Pour les quinze ans d'Isor, Camillio et Maude m'ont invité chez eux pour un goûter d'anniversaire : l'occasion idéale pour vérifier mes théories. En même temps que nous discutions, je tentais d'imaginer ce qu'ils pouvaient bien penser de moi.

– Bonjour, monsieur Vincent, entrez donc. *(Ah, cet homme, je ne l'aime pas, je ne l'aime pas, c'est plus fort que moi.)*

– Bonjour, bienvenue. On peut vous appeler Lucien ? Oui ? Parfait ! Entrez, installez-vous. *(Qu'il est aimable !)*

– Ne faites pas attention au désordre, chez nous c'est une sorte de norme, comme j'avais tenté de vous l'expliquer. *(Je savais que nous n'aurions pas dû l'inviter, il me tape sur le système à peine arrivé.)*

– Maude, je suis sûr que Lucien ne s'offusque pas pour si peu, n'est-ce pas, Lucien ? *(Quelle bonne idée de lui avoir proposé de venir ! Pour une fois que nous avons un invité devant lequel il est inutile de se cacher, quelqu'un qui comprend ce que l'on vit.)*

– Absolument, tout est parfait. Et j'en profite pour vous remercier de votre invitation, je suis ravi d'être là pour célébrer Isor.

– C'est plutôt nous qui vous remercions d'être venu. Il est rare que nous comprenions comment lui faire plaisir. Là, au moins, c'était très clair ! *(C'est une sorte de feeling qui passe entre nous, non, peut-être une affinité entre hommes ?)*

– Vous préférez du thé ou du café, monsieur Vincent ? Du thé ? *(Oh lala, ça commence mal, très mal. Et Camillio qui en rajoute ! Puis il est tellement terne, tellement éteint, tellement méticuleux, c'est effarant. Il n'y a qu'à voir la précision avec laquelle il se sert du sucre : af-fli-geant.)*

– Et si on attaquait directement le gâteau, je viens de le sortir du four ? Un roulé au chocolat et à l'orange. Réalisé en duo, naturellement ! *(Il est si calme.*

Une vraie bénédiction au milieu de notre chaos et de ses remous.)

– Avec grand plaisir ! J'avais hâte de goûter aux gâteaux qu'Isor fait avec vous !

– Cela fait longtemps que vous habitez le quartier ? Depuis vos quatre ans ? Nous, cela fera bientôt dix-sept ans. *(Je ne comprends pas ce qu'Isor peut bien lui trouver, ils n'ont rien en commun. Rien !)*

– Vous n'avez jamais vécu ailleurs ? Vous m'excuserez, mais j'ai entendu dire que vous étiez photographe. Vous avez forcément voyagé, je me trompe ? *(Ils se sont vraiment trouvés, ces deux-là. Une complémentarité par-faite ! Un artiste pour notre petite Isor, c'est exactement ce qu'il lui fallait. Et c'est rassurant de faire convenablement sa connaissance.)*

– On ne peut rien vous cacher ! Oui, effectivement, j'ai eu l'occasion de faire quelques voyages dans le cadre de mon travail.

– Ça nous ferait plaisir que vous nous racontiez un peu votre carrière, j'aime beaucoup les récits de voyage. *(Il n'est pas très bavard, mais au moins il a la décence de ne pas nous assommer avec d'interminables histoires, comme savent si bien le faire les gens de son âge.)*

– C'est vieux tout ça, vous savez, et je suis bien heureux de la tranquillité que la retraite m'a apportée.

– Ne soyez pas si modeste, vous avez gagné des prix ! Dont plusieurs internationaux, c'est exact ? Maude, nous avons un invité de marque : Lucien était très populaire en Italie et au Portugal à la fin des années 1960. Il a même exposé à Chicago et à Berlin ! *(Il a eu son heure de gloire, le papi ! C'est amusant de penser que ce vieil homme, chagrin et obséquieux, qui joue aux cartes avec notre fille, a été un artiste de renom. Tout ça est bien flatteur, oui.)*

– Vous connaissez ma carrière mieux que moi, pardi ! Oui, j'ai eu la chance d'être reconnu pour mon travail. Mais visiblement, Internet vous informe mieux que moi.

– Et vous avez toujours vécu seul dans cette maison ? *(C'est incroyable la façon dont il se dérobe aux questions ! Il ne porte pas d'alliance, il ne parle jamais de sa famille. Un homme seul, sans femme, sans enfants, ça veut tout de même dire quelque chose. Qu'on est homosexuel ou bien qu'on est insupportable. Homosexuel, je ne crois pas, quoique ça ne se voie pas toujours. Je n'aime pas ça. Il est trop secret. C'est louche, ou ridicule.)*

– Oui. Enfin, maintenant plus tout à fait, j'ai une petite colocataire, n'est-ce pas, ma puce ?

– Encore un peu de thé, monsieur Vincent ? *(Ma puce ? Il a osé ! Ça me dégoûte. C'est grotesque.)*

– Et de gâteau ? *(Ils ne restent pas deux minutes sans échanger un regard, et alors c'est comme un rayon de soleil. Il faut bien avouer que je ne m'attendais pas à assister à cela un jour. Isor si sauvage, si indocile... Et là, inoffensive – à tel point que l'on dirait un mirage.)*

– Et si, au lieu de parler de moi, on parlait d'Isor ? C'est elle, la reine de la journée. Vous saviez qu'elle adore la musique classique ? J'ai un plaisir incroyable à en écouter avec elle. Elle est toujours avide de nouveaux morceaux.

– Oui, nous savions qu'elle aime la musique : je vous avais prévenu qu'elle aime beaucoup danser, non ? Elle n'a jamais dansé devant vous ? C'est quelque chose qu'elle fait beaucoup ici, avec nous. C'est un beau cadeau qu'elle nous fait chaque fois. *(Oh, cette leçon qu'il nous fait des goûts de notre fille ! Notre fille ! « Elle adore la musique classique ! » La musique classique ! Un peu plus et il voudrait lui faire apprendre le clavecin. Et puis, qu'il essaye, tiens ! Il changera vite d'avis. Non mais il se prend pour qui ? Son précepteur ? Son maître à penser ? Quelle bouffonnerie ! Quelle arrogance !)*

– En parlant de cadeau, ma puce, j'en ai un pour toi, et j'espère qu'il va te plaire ! Tu le déballes ? Rassurez-vous, ce n'est pas de l'or, simplement du plaqué. Par contre, ce sont de vrais grenats. On appelait cela des escarboucles autrefois, c'est un mot que j'aime bien.

– Merci mille fois, vous nous embarrassez, il ne fallait pas ! *(Indécent ! Tout simplement indécent ! On n'offre pas des bijoux à une enfant. Elle n'a que quinze ans. Une chaîne en or avec des grenats ! « On appelait cela des escarboucles autrefois... » Est-ce qu'Isor comprend seulement le dixième de cette mascarade ? Elle le perdra dans deux jours et adieu le beau cadeau ! Ces vieux qui dépensent sans compter, ça m'a toujours écœurée.)*

– Eh, que le temps passe vite ! Déjà dix-huit heures ! Maude, tu reprends le service à la demie, c'est ça ? Excusez-nous, Lucien, à la caserne, l'heure, c'est l'heure ! *(Et poli avec ça. Il nous a offert un bouquet de tulipes en entrant et n'a pas tari d'éloges sur le roulé – ce qui est toujours appréciable. C'est vrai que son cadeau est trop conséquent, mais après tout, les vieux perdent tous la notion des chiffres, on ne peut pas leur en vouloir.)*

– Au revoir, monsieur Vincent, au plaisir ! *(J'espère que cette farce ne durera pas. Autrement, il faudra bien la faire cesser.)*

– À bientôt, Lucien, et merci encore ! *(J'espère qu'il ne va pas la lâcher de sitôt, c'est inespéré, cette aubaine. Peut-être... Peut-être même changera-t-il son testament ? Qui sait ?)*

• • •

La différence entre ses parents et moi, c'est que je ne suis pas quelqu'un qui s'affole – je veux dire : le mutisme, la colère, la joie, la douleur, je connais. Je sais les recevoir sans fléchir. J'ai l'habitude. C'est exactement comme écouter de la musique.

Parfois je me fais l'effet d'être encore ce photographe que je fus : quand d'un regard je signifiais à mes sujets « Ressens ce que tu ressens, je ne demanderai pas d'explication, j'en garderai simplement la mémoire. »

Je crois en la vertu du rangement. Que toute chose a sa place et qu'il faut l'y remettre. Si elle n'en a pas, lui en donner une. Si vous ne prenez pas les devants sur le chaos, vous êtes foutu. Il vous engloutit, impitoyable. Il y a longtemps, un jour, j'ai perdu ma place. Alors je fais ce que je peux avec les objets, qu'au moins les choses qui m'entourent, elles, ne soient pas égarées.

Tous les six mois, je rerange intégralement ma bibliothèque de CD et de vinyles. C'est chaque fois un grand moment. Les nouvelles acquisitions doivent se tailler leur part. Alors je m'essaye à de nouvelles catégorisations. Par période, par ordre alphabétique, par maison de disque, par chef d'orchestre, par genre ou même par humeur. Je me crée des listes de morceaux à écouter pour toutes les occasions. Par exemple « c'est le premier jour de l'hiver et il fait froid », ou bien encore « je perds mes clefs et j'ai besoin de me calmer ». Ce sont des listes *au cas où*, pour être consolé. Oui, très exactement, des lettres de consolation que je m'écris à l'avance. Un filet de sécurité. Et puis il y a les « listes mémoires », qui engravent mon souvenir d'un évènement, d'une période, d'une année. Toutes ces listes sont dans le secrétaire du salon – et elles aussi, je les trie encore et encore.

Certains vieux deviennent méthodiques et disciplinés par désœuvrement, ce n'est pas mon cas. Classer, trier, ranger. Ce n'est ni une occupation ni un toc, mais bien, je le reformule, un gilet de sauvetage, un acte de survie et une éthique.

Et comme pour tout le reste, Isor fracasse mes habitudes au marteau. Non seulement à chacun de ses passages elle laisse ma maison en pagaille, et ce désordre-là, je le chéris, mais en plus, à moi, *elle me rend une place* – ce que je croyais impossible.

Vous savez, il ne faut jamais attendre une vengeance ou un dédommagement, ou vouloir remplacer les morts. Le vide que les morts laissent ne se rebouche jamais, on ne se remet jamais de cette béance – mais j'ai compris que l'on pouvait créer le plein *à côté* du gouffre, ça oui. Idem pour sa place. Ce qui est perdu ne revient pas – mais *à côté*, *en marge*, *ailleurs*, on peut retrouver un rôle. Et c'est ce qui se passe pour moi. Avec elle, je reconstruis quelque chose. Autre chose.

Oui, j'y pense de plus en plus, quand je suis avec mon Isor, me revient cette impression que je ne ressentais plus depuis des années : être à ma juste place.

La réalité qui devient évidence. La sensation du petit enfant qui, dans son jeu, après de nombreuses tentatives, place enfin le rond dans le rond, le carré dans le carré. La sensation de l'amoureux quand il étreint l'objet de son amour. La sensation du photographe quand, en face du sujet parfait, il déclenche à la bonne seconde son appareil. On pourrait continuer. Le pilote qui atterrit droit sur la piste, le général de guerre qui fait hisser le drapeau de son pays au-dessus de la ville conquise, l'astrologue qui voit passer la comète. La conviction profonde qu'on-ne-serait-nulle-part-mieux-qu'ici. Si précieux. Tous ces trajets où l'on voudrait être arrivé, tous ces cours où l'on s'ennuie, tous ces dîners où l'on trépigne, toutes ces nuits où l'on n'aime pas. Et c'est encore Sénèque qui disait : « Lucilius, si tu y prends garde, la plus grande part de la vie se passe à mal faire, une grande à ne rien faire, le tout à faire autre chose que ce qu'on devrait. » Passer ce temps avec toi, Isor, c'est bien faire, j'en suis sûr.

Avec toi, j'oublie l'autre côté de la mer, ce Sud et cet autre pays, j'oublie que je suis seul, qu'il ne me reste que la lie de la vie. Qui aurait cru que cette vieillesse prendrait d'un coup tant de valeur ?

Tu te souviens de la première fois que tu as débarqué dans le salon habillée de mon pull débardeur bordeaux et de mon pantalon en velours vert de chrome ? C'était un an, à peu près, après notre rencontre. Oh, on en avait ri aux larmes. Toutes ces années à ne pas rire rattrapées en une seule journée – les compteurs de nouveau au vert. Tu avais fait un tour du salon en m'imitant : tout y était, ma démarche un peu chaloupée, ce petit air contrit que j'ai quand je ne fais pas attention, mon clignement religieux de paupières lorsque j'effeuille les pochettes de mes CD avant d'en choisir un, et comment je grommelle lorsque ces maudites savates me glissent des pieds. C'était bluffant et inattendu : hilarant. Les après-midis suivantes, tu as recommencé ton petit spectacle, mimant ton père, ta mère, et les quelques voisins que nous épions parfois. Et après avoir épuisé ce répertoire, tu t'es mise à inventer. Prodigieux. La comédie humaine ! À croire que tu occupais tes « fugues » à prendre des gens en filature. Les gardiens de musée somnolents, les avocates pressées, les médecins méprisants, les touristes égarés, les chauffeurs de bus enjoués, les serveurs désagréables, les chanteurs de rue enthousiastes, les collégiennes surexcitées, les nounous autoritaires, les joggeuses appliquées. Épatant. Tu saisis toujours un trait, une expression, une pose ou une attitude transcrivant à elle seule un être-au-monde. Le tout avec une bienveillance constante pour tes sujets. L'exercice paraissait aller de soi, comme si garder tout le temps ton apparence habituelle ne te suffisait pas, que tu avais besoin de ces fréquentes *sorties*. Tu dois être plusieurs, tu es trop vaste.

Alors je suis monté au grenier chercher d'anciens vêtements à moi, et toi, tu as commencé à en ramener de chez tes parents (j'espère qu'ils ne t'en ont jamais blâmée). Tu te servais en accessoires un peu partout dans la maison, un rien t'habille. Et maintenant il y a ces habits neufs que j'achète pour alimenter tes inventions. À mon âge, je ne pensais pas me remettre à courir les magasins. J'essaye de dénicher des pièces amusantes, aux styles francs, aux couleurs prononcées, qui t'iront bien. « Il avait des idées sur les étoffes », lit-on dans l'incipit d'*Aurélien*. Oui, oui, j'ai mes petites idées.

Et à la caisse je dis toujours que ce sont des cadeaux, bien qu'ensuite je les glisse ni vu ni connu dans ma penderie pour te faire la surprise. Tu m'amuses tant. Tout cela me fait penser à un récit que j'avais lu, qui se passait au XVIIIe siècle. Une femme d'ambassadeur, ou d'amiral, je ne sais plus, qui donnait des spectacles de « Figures ». C'était un Américain qui m'avait recommandé ce livre. Qu'était-ce déjà ? Un livre de qui ? Une femme-auteur, il me semble. Mais qui ? Et cette femme, la femme du livre, la femme de l'ambassadeur, donnait lors des réceptions de son mari des représentations : elle s'enveloppait de châles qu'elle arrangeait différemment au fur et à mesure de son spectacle, et prenait la pause pour incarner les grandes héroïnes de l'Antiquité. Les Phèdre, Médée, Didon, etc. Elle excellait dans son art, habitée par ses personnages qu'elle faisait surgir en un tournemain.

Ce pull débardeur bordeaux par lequel ta passion a débuté, tu le gardes toujours sous la main quand tu viens. Je crois que tu y tiens comme à un doudou.

Pour la première fois, il y a deux jours, Isor a bien voulu me montrer ce qu'elle a ramené de sa déambulation – je suis contre le terme de « fugues ». On dit « fugues » pour ceux qui ont tort. Ou ceux qui font du tort – ce qui revient au même. Or Isor, à bientôt seize ans, ne fait que changer d'air, qu'explorer. Et elle a toutes les qualités d'une aventurière. Elle sait se faire discrète et observer ce qui lui semble essentiel, sans hiérarchie. Elle est miscible partout et s'oublie au profit de ses découvertes.

Lorsqu'elle a retourné ses poches, elles contenaient : un porte-clef rouillé boule à facettes (j'ai l'impression qu'en règle générale elle aime ce qui date des années disco), un rouleau de Scotch à motif de trèfles, des talons de places de théâtre (j'ai cru reconnaître le graphisme particulier de La Colline), et une de ces coquilles Saint-Jacques qui servent parfois de cendriers dans les brasseries.

Nous avons considéré ces objets de longues minutes, en silence : elle devait se remémorer les points marquants de sa prospection, et moi j'imaginais les quartiers où elle avait bien pu passer, les gens qu'elle avait pu voir, et les quelques contorsions qu'elle avait dû faire pour le rapt de ces timides trésors.

J'aime ta capacité inhumaine à être brutalement heureuse, sans prévenir. Si *brutalement* heureuse.

Est-ce que tu me vois vieillir ? Moi, je te vois grandir – déjà ton visage s'est aminci et tu portes plus haut tes épaules. Entre treize et seize ans, on change beaucoup. C'est l'âge de la puberté – mais il me semble que cela n'a aucun rapport. C'est l'âge où l'on doit tracer cette voie difficile pour devenir une autre version de soi tout en se restant fidèle. Souvent, je me demande à quoi tu ressembleras, adulte, et si j'aurai la chance de te connaître alors. D'être toujours là. *Pas quel genre de femme* tu seras, ça, je m'en fiche. Mais quelle adulte, qui aura mis en acte toutes les promesses qu'elle enclot.

Ces angoisses de grand-père n'avaient jamais fait partie de mes plans. Je les considérais comme une niaiserie de plus, que ma solitude m'épargnait généreusement. C'est fou comme on peut se tromper sur un nombre incalculable de sujets. Chaque certitude est une erreur en puissance. *Chaque certitude est une erreur en puissance*. Qui éclate un jour.

Et si maintenant j'avais envie d'être niais, d'être fleur bleue, d'être béat de toi ?

Ce matin, je suis allé chez le notaire.

Parmi les hommes, je n'ai pas reçu la palme de la virilité. Il faudrait véritablement être à court d'adjectifs pour me décrire comme offensif ou protecteur : je n'ai jamais attaqué ou défendu quiconque de mon existence.

Si un cambrioleur entrait dans la maison, il croirait sûrement qu'il s'agit d'une maison de vieille dame. J'adore les fleurs, les vraies – dans le jardin ou en motifs –, sur mes chemises, sur ma vaisselle, sur les coussins ou sur les nappes.

En vieillissant, mon corps a d'ailleurs suivi cette pente étrange. J'ai beaucoup maigri, ce qui a anormalement fait ressortir mes hanches, me créant cette silhouette en 8 que l'on attribue d'ordinaire à la gent féminine.

Lorsque je me tiens assis, jambes croisées, dans mon fauteuil bois de rose, et qu'Isor face à moi fait son numéro, une moustache dessinée maladroitement au feutre, ses tresses rentrées dans un béret et un de mes gros pulls sur le dos, je me dis que vraiment on était faits l'un pour l'autre. Nos genres qui se complètent et se mélangent…

Il y a des années de cela, alors que je rendais visite à ma mère, j'avais entendu dans le métro une jeune femme expliquer à une autre : « On sait qu'on est amoureux lorsque toutes les chansons d'amour qu'on trouvait plates et pathétiques nous semblent merveilleuses. » Cette proposition, affirmée sur un ton scientifique, m'avait amusé. En bon cartésien, et surtout en bon mélomane, cette idée me paraissait surréaliste – et pour tout dire idiote. Et, les années passant, je n'ai jamais expérimenté ce dont cette femme parlait.

J'ai bien essayé – j'ai un peu honte de l'avouer – d'écouter de la variété française à la radio ces derniers jours : je ressens la même irritation à l'égard de ces mélodies faciles et ces paroles ineptes. En revanche, ce qui est vrai, c'est que les musiques que j'aime ne résonnent plus comme avant. C'est fascinant, cette plasticité du son, cette musique-mémoire. C'est tout le sens de mes *listes* d'ailleurs. Mais là, je pourrais toutes les renommer « Isor ». Tout a son odeur, tout est imprégné d'elle.

J'avais connu une femme (qui était-ce déjà ?) qui racontait à qui voulait l'entendre qu'elle était incapable d'écouter de la musique depuis que son père était mort. Moi, j'avais au contraire investi la musique parce que c'était la seule chose qui m'aidait dans mon deuil – et aujourd'hui Isor s'insinue même ici, au plus profond de cet espace de ma fragilité.

Monika, Ingmar Bergman. *Vers un destin insolite sur les flots bleus de l'été*, Lina Wertmüller. *Kung-Fu Master*, Agnès Varda. Trois films, trois pays, trois grands réalisateurs. Trois histoires d'amour qui avaient besoin d'une île pour s'épanouir. Car c'est bien là le scénario de ces trois films : un couple dont l'amour, naissant ou réprimé, prend son essor après l'arrivée, de gré ou de force, sur une île déserte. Île suédoise dans la Baltique, île italienne en Méditerranée, île anglaise dans la Manche. Quels que soient le pays ou l'époque, l'insularité offre à l'amour l'espace rêvé, c'est-à-dire un espace excluant et exclusif, pour deux, ni plus ni moins. Loin des fâcheux, des fouineurs et des importuns, l'île devient une utopie où les liens sociaux et affectifs peuvent être intégralement redéfinis. Et chaque fois le dénouement est sans appel : sortir de l'île, c'est détruire l'amour. Réintroduisez la société autour du couple et celui-ci se fissure, se morcelle. Il redevient impossible d'être Deux. Uniquement deux.

Notre petite île, à Isor et moi, c'est la maison. Nous ne nous voyons jamais en dehors. Sauf une fois : un fiasco. J'avais voulu lui montrer le parc de Sceaux. Un fiasco complet ! J'avais honte d'Isor qui avait honte de moi. On nous dévisageait, on nous accostait, qui pour me dire qu'elle était à croquer, qui qu'elle était mal éduquée, qui pour nous compter les malheurs interminables de son petit-fils Asperger qu'il croyait reconnaître en elle, qui pour louer notre complicité « en dépit de l'âge et de la… *maladie*. Vous savez, moi, je n'ai pas eu la chance d'avoir un grand-père comme vous, pour me prendre dans les bras ». Par je ne sais quelle malédiction, chacun s'octroyait le droit d'y aller de son petit commentaire. Et comme pour me punir de ces interruptions intempestives, Isor s'est ensuite enfuie une bonne demi-heure. Conclusion : nous sommes rentrés éreintés, affligés, dépités.

C'était bien la seule fois, l'envie ne nous a plus repris ! Enfin, il y a eu également les deux anniversaires chez ses parents. Là encore, très désagréables. Je ne supportais que très mal d'être le spectateur de ses interactions avec Camillio et Maude : elle paraissait si différente de mon Isor, révélant par instants un visage dur, capricieux. Et elle, de son côté, trépignait d'impatience chaque fois que j'étais distrait d'elle. Oui, voir l'autre détourné de nous. Voir l'autre diverti. Le voir sous un angle inconnu, qui ne nous concerne pas.

« Le monde est plein de voisins indiscrets, avec qui il me faut partager l'autre. Le monde est précisément cela : *une contrainte de partage*. Le monde (le mondain) est mon rival », écrivait Barthes.

Bref, bref, bref, voilà que je m'étale encore. Je voulais simplement dire qu'Isor et moi ne nous voyons qu'à la maison. Que c'est la condition de notre paradis. Où rien ne manque, où rien n'est de trop.

Un jour, lors d'une conférence au palais de l'Immigration, un de mes auditeurs, un militant, m'avait attaqué. « Le beau que vous cherchez dans vos clichés n'est qu'un mirage bourgeois, monsieur ! Il est une insulte à ceux qui vivent dans le désespoir. A-t-on le droit de célébrer la beauté dans un monde injuste ? Je suis médecin à l'hôpital Avicenne, à Bobigny. Deux fois par semaine je donne des consultations sans rendez-vous pour des migrants. Pour la plupart ils ont plus de trente ans, leur situation administrative est gelée volontairement par un État criminel. Ces gens-là, le beau, ils ne le voient pas, ils n'y croient pas. Et moi non plus, je n'y crois plus. Se payer ce genre d'illusions est un luxe pour les nantis et les artistes. La beauté, la magie, la justice, elles n'existent pas, monsieur ! »

C'était le début de ma carrière. J'avais mis quelques bons mois à m'en remettre. La poésie, je la voyais bel et bien, elle était le sens de mon travail. Mais aurais-je été victime de ma position, celle de l'artiste en surplomb, qui s'extasie devant un monde auquel il ne prend pas part ? Qui se rassure sur la violence, la pauvreté, en y projetant une magie factice ? On ne peut pas passer sa vie à s'interroger : ces doutes se sont progressivement dissipés, j'ai retrouvé mes habitudes de travail et j'ai effacé cet homme de ma mémoire.

Mon impunité dura vingt ans – j'ai continué de croire à un monde enchanté durant vingt ans. Puis le drame se jeta sur moi à mon tour. Un vautour. L'injustice, l'injustice, l'injustice. Plus d'harmonie, plus d'anecdote, plus de fleur.

Et alors que j'avais clôturé le dossier, Isor a frappé à ma porte. Après le mirage, le miracle ? Aujourd'hui que je ne mérite rien, aujourd'hui que je suis coupable, j'aurais ma part à la loterie du bonheur ? On n'a jamais ce qu'on mérite, voilà qui rend tous les miracles cruels. La justice n'existe pas, cette certitude-là n'a pas bougé. Mais pour la beauté, la magie, je reviens sur mon avis. Qui pour nier qu'Isor est à elle seule la poésie ?

Cette poésie-là ne peut pas être une offense. Je suis trop vieux pour la photographier, mais je la vis, et j'aimerais qu'on en parle un jour.

L'amour a sa grammaire. Et comme dans toutes les langues, sans la pratiquer, on la perd. Au fil des mois, j'ai réappris l'Absence, l'Attente, le Comblement, la Dépendance, la Fête, l'Impatience, la Jalousie, le Rêve et la Rêverie, le Ravissement, le Rendez-vous, la Solitude et le Souvenir. Tout un abécédaire que je potasse studieusement. J'aime être cet écolier des sentiments.

Dis, dis, mon Isor, reviendras-tu demain après-midi ?

Je l'ai dit, ton prénom, je l'adore, Isor, mais j'aime plus encore t'appeler par mille surnoms que je t'ai choisi. « Ma joie » est de loin mon préféré. Je l'emploie pour les grands jours, pour ne pas qu'il s'use – un mot, ça s'use si vite, on le dit neuf ou dix fois, et hop ! il ne veut déjà presque plus rien dire, on a étiolé son pouvoir de suggestion.

Alors il y a ma toute chérie, mon tournesol, mon éclair, mon horizon, ou mon après-midi. Aigle à tresses (ton surnom indien), fennec futé (pour l'allitération), ou mon loup (comme disent parfois les Québécois). Si on continuait, on ferait l'arche de Noé. On ferait même tout le dictionnaire : en plus de mon tournesol mon bouton d'or et ma primevère, en plus de mon éclair ma lumière et mon bruit, en plus de mon horizon mon présent et ma fuite, en plus de mon après-midi mon aurore et mon soir. Comme l'a dit autrefois un poète « Tes yeux sont mon Pérou ma Golconde mes Indes ». Tes yeux en amande, d'un bleu irisé. Mon tout. Mon tout.

Le terme « autarcie » m'a toujours fait penser à une « otarie ». Oui, à une otarie… J'ai longtemps pensé que « autarcie » s'écrivait avec un « o ». Avec un « o »… « O-tarcie ». Je vieillis, les mots s'enchaînent se mettent bout à bout remontent de très très profond. Autarcie Arcadie. Arcadie, où se poursuit l'âge d'or, idylle de bergers… Arcadie secrètes arcades. *Locus amœnus. Hortus conclusus. Locus ! Locus !* Je ne sais plus ce que je dis. Isor, toi et moi ici en autarcie. Isor toi et moi ici en Arcadie – puisse cela faire un vers. Nos amours qui se tressent en poésie. Détresse ! J'en reviens à mes îles : *hortus conclusus*. Enfermés et heureux. Hihi… Non, non, je ne sais plus ce que je dis. Otarie, Autarie, Otarcie… Otarie, otarie… Je vieillis. Otarie – la belle noyade, il faudra assécher la mer. Non… Isor !

la mère

« Appel à toutes les équipes, appel à toutes les équipes… »

Ah, enfin, quatre heures sans le moindre appel, cela commençait à être long. Quatre heures à checker le matériel et les camions…

« … rue de Pommard… »

Rue de Pommard ??! Rue de Pommard ??! Quel numéro ? Pitié, s'il y a un Dieu, pas chez nous, pas Isor !

« … au numéro 10… »

Ah ! c'est chez monsieur Vincent !! Seigneur seigneur quelle heure est-il ? Seize heures quinze, ils devaient être ensemble, pitié si…

« … possiblement un AVC, homme de quatre-vingts ans, départ immédiat. »

Aaaaaaah, Lucien !! Isor ! Lucien !! Isor !

PARTIE III

Pap, mam,

Ça y est, je suis lointaine. C'est fait.
Mais pleure pas ! Bientôt je reviens. Bientôt je retourne et nous sommes ensemble. Mais maintenant je vais pour Lucien. Faut pas le disputer : il sait même pas – c'est moi qui décide seule. Quelque chose devait être fait par moi pour lui. Quelque chose d'un peu grave parce qu'il meurt bientôt, tu sais ? « Grave », c'est pas « difficile ». « Grave », c'est « important ». Pour nous ça importe. Faut pas mourir amer. La mort ça doit venir comme un nuage. Tout doux *pianissimo*. Moi je verse le sucre sur la plaie et je reviens.

Je t'embrasse pap, mam, et Luce ! Bisous du cœur,

I.

la mère

Lorsqu'on est arrivés avec le camion 10 rue de Pommard, on a trouvé la porte ouverte et Lucien renversé sur le sol du salon. Les yeux perdus, un filet de salive s'échappant de sa bouche paralysée dans un rictus de peur, le corps mi-abandonné mi-raidi par la soudaineté de l'attaque. On a agi le plus vite qu'on pouvait, c'était Sébastien qui avait le défibrillateur. J'étais obnubilée par Isor, incapable de me concentrer sur autre chose. Où était-elle ? Où était-elle, bon Dieu ? Ça ne pouvait être qu'elle au téléphone – une voix de jeune fille. On a réanimé Lucien. Au lieu des traditionnelles questions « Comment vous appelez-vous ? Vous pouvez me donner votre nom ? », j'ai répété deux ou trois fois avec véhémence « Où est Isor ? Dites-moi où est Isor ! » Sébastien m'a écartée violemment. Je n'ai pas eu droit d'accompagner Lucien à l'hôpital, mais ma collègue Mélanie me donnait des nouvelles par texto. « *Ne se remettra pas totalement. Lésions cérébrales sévères.* » En réalité, je m'en fichais. La réalité s'était décollée de moi, je planais dans un autre espace où la seule chose à ma portée était ma fille. Isor avait vu la scène, elle avait appelé les secours, elle s'était enfuie. Enfuie. Où ? En état de choc. Forcément en état de choc. Appelé les secours ? Elle aurait su faire cela ? Parler ? Dire l'adresse, l'état du malade… Parler ? Sa voix au téléphone… Tout cela n'avait pas le moindre sens – l'attaque, le coup de fil, la disparition. Aucun de ces éléments ne semblaient pouvoir appartenir à la réalité – je refusais que cela appartienne à *ma* réalité. Inadmissible. J'ai fouillé tout le parc de Bercy trois heures durant. Que s'était-il passé ? Et si c'était Isor qui avait déclenché… Non, absurde. Enfin, mettons qu'Isor ait fait une crise de colère et que Lucien ait voulu la contrôler et que… Et maintenant, où était-elle ? J'ai tourné dans le quartier sans même penser à appeler Camillio. C'est lui qui l'a fait quand, à dix-neuf heures, en rentrant à la maison, il a trouvé la lettre. « *Ça y est, je suis lointaine.* » La panique. La panique, putain ! Mais elle est partie où ?!

Je rentre à la maison. Je comprends plus rien. Je comprends plus rien. Je m'écroule sur le lit, c'est un cauchemar : un cauchemar. Au lieu de me réveiller je m'endors aussitôt.

le père

Maude a complètement craqué hier soir. Au point d'oublier de me prévenir. Elle, formée à gérer les situations de crise, a pété les plombs quand il s'est agi de sa propre fille.

Isor n'est pas rentrée de la nuit. Je suis resté à veiller, assis sur les marches de l'entrée, à me résumer la situation. Monsieur Vincent a fait un AVC, Isor appelle les secours (APPELER les secours ! C'est tellement grotesque qu'il ne faut pas s'y arrêter), disparaît en laissant cette lettre. Que veut-elle dire, cette lettre ? Maude ayant craqué, c'est à moi de garder la tête froide, un robot fonctionnel. Je me suis lancé dans un commentaire de texte. « *Ça y est, je suis lointaine* » : elle est donc partie. Où ? Elle ne le dit pas. « *Bientôt je reviens* » : en tout cas pour pas longtemps. « *Je vais pour Lucien. Faut pas le disputer* » : si elle part, c'est pour aider Lucien à faire quelque chose. Mais quoi ? Des médicaments contre l'AVC qu'on ne trouve que dans le Périgord ? C'est absurde, mais cette gosse est absurde, qui sait ce qui peut se passer dans sa tête d'anormale. La suite de la lettre me fait plutôt penser que cette aide n'est pas d'ordre matériel. Ça serait moins ridicule. « *Faut pas mourir amer* », c'est ça que ça veut dire, non ? Quelque chose qui apaiserait sa conscience avant de mourir. Enfin, une ineptie du genre. Mais qu'est-ce que ça peut être ? Le passé de Lucien, on ne le connaît pas, ni moi, ni Maude, ni certainement Isor – cet homme était une tombe. Dieu sait jusqu'où ça peut la mener, cette mission ridicule qu'elle s'impose.

Et si elle délirait complètement parce qu'elle a été choquée ? Au fond, ce n'est pas impossible. J'imagine le vieux qui tombe raide par terre, qui écume, qui éructe, qui tressaille, et la gosse qui pense que son seul ami est en train de mourir sous ses yeux. Terrible. Une scène de roman. Éplorée, elle s'enfuit dans la nuit pour combattre ses fantômes à sa place et calmer son âme – elle est capable de ça, Isor, on n'en serait plus à un mysticisme près.

Je passais en revue les options que nous avions – et il n'y en avait pas tant que ça. Au niveau légal, c'était l'impasse. Le cul-de-sac. Pris au piège. Que la police fouille dans nos affaires, ce n'était pas une idée brillante du tout – on aurait pu nous accuser de négligence et même de mise en danger de la vie d'autrui. Refus de soin, ils auraient appelé ça comme ça. Parce qu'on ne veut pas faire de notre fille un légume drogué, refus de soin ! Sans compter qu'on ne l'avait pas scolarisée – pas vraiment notre faute. Voilà où ça nous a menés, la politique du « maintenant ce sera nous » ! La belle idée ! Mais ce n'était pas le moment de fulminer. Les regrets, la tristesse, le désespoir, ça serait pour plus tard, ou pour Maude, mais moi, sur ces marches de l'entrée, je devais être un homme solide. Un roc. Même si autour de moi les plombs avaient pété. *Parce que*, autour de moi, les plombs avaient pété.

Donc la police, c'était non. Pas pour l'instant. Je n'irais pas en prison pour une ingrate. Donc après, il restait quoi ? Ne pas aller au boulot demain et entamer des recherches nous-mêmes ? Sans même savoir où aller ?

La nuit s'est écoulée en conjectures infructueuses.

Ce matin, je me réveille à moitié allongé sur le paillasson, le dos en compote. Et si aujourd'hui on faisait comme si de rien n'était ? Cette option-là m'est venue dans un éclair – puis je me maudis d'y avoir pensé, mais voilà, j'y ai pensé tout de même, à enfin recommencer une vie où on ne se soucierait plus d'elle.

Cela fait presque six ans qu'Isor fait des « fugues » – elle a eu seize ans il y a deux mois. Pour les petites, on avait bien abouti à cette conclusion : si on ne peut rien contre, on laisse faire. Pourquoi ne pas appliquer le même principe aujourd'hui ? En six ans, elle n'est jamais revenue avec une égratignure. En plus, en dépit de ce qu'elle voulait bien nous laisser croire, je suis certain qu'elle continuait à sortir le soir et passer des nuits dehors. Et puis elle va forcément revenir, ne serait-ce que pour prendre des nouvelles de Lucien – oui, oui, ça ne va pas durer longtemps cette comédie, cette satanée comédie-là.

la mère

Ce matin, très tôt, alors que j'étais encore dans cet état à vrai dire plus proche du coma que du sommeil, Camillio est venu me secouer par les deux épaules. Il n'était plus du tout stoïque, il me faisait un regard ahuri comme s'il venait de comprendre quelque chose de terrible et que tout son monde était sur le point de chavirer – d'ordinaire, c'est moi qui ai le monopole du drame. Je me dis que l'émotion de la disparition le touche enfin et je veux le serrer dans mes bras pour qu'il partage son séisme avec moi et que je me sente enfin moins seule dans le mien.

Il résiste. Il se recule. Il me dit (c'est entre l'ébahissement et la hargne) : « Isor nous a ÉCRIT ». Oui, oui, c'est toi qui as gardé la lettre d'ailleurs, n'est-ce pas ? « Non, tu ne comprends pas : Isor nous a écrit. »

Je percute. Nous percutons. C'était tellement monumental que nous ne l'avions pas vu. Et mon visage à moi aussi se met à se distordre comme la carcasse en accordéon d'une voiture accidentée.

ISOR. SAIT. ÉCRIRE.

le père

Et voilà que la catastrophe redouble – comme si déjà ça ne suffisait pas. Ce n'est plus seulement « Isor est partie », mais « Isor *nous a écrit* qu'elle partait ».

Bientôt seize ans qu'elle nous abreuve de ses mensonges ? Seize. Elle aurait donc choisi de vivre avec nous, tout ce temps, comme avec des ennemis à qui l'on doit mentir ? Ébranlement-cataclysme-renversement-désastre-tremblement-épreuve-mépristrahison-mensonge-malédiction. Trahison ? Trahison. Traîtrise - sacrifice. Perfidie - manipulation - mensonge - hypocrisie. Manipulation ? Manipulation. Les mots s'agglutinent dans ma tête depuis mon réveil. Mais aucun n'a pleinement le courage de se poser sur la situation, de la tirer au clair UNE BONNE FOIS POUR TOUTES. C'est ça, la malédiction d'Isor. Ne rien pouvoir tirer au clair. Prendre un fusil, viser la cible : tirer au clair. Tirer bien droit, atteindre le mille et que tout ça ait un sens fixé, fiché pour toujours, qu'on n'en parle plus.

Les mots du médecin : « ELLE NE VEUT PAS. ELLE POURRAIT. ELLE NE VEUT PAS. ELLE POURRAIT. » Est-ce qu'elle se marre, là ? Est-ce qu'elle se marre ?

Et par-dessus les mots, j'ai plein d'images qui se mélangent à l'intérieur de ma rétine, qui se percutent et se bousculent pour former cet étrange collage qu'on rencontre habituellement dans les rêves. Des images du centre de la Terre, où règnent le secret et le mal. En Italie, de la maternelle au lycée, on biberonne à Dante. Dante Dante Dante. À quarante-six ans, ces vers que j'ai appris tout écolier qui remontent :

Con sei occhi piangëa, e per tre menti
Gocciava 'l pianto e sanguinosa bava

Ça parle de Lucifer. Lucifer tout au fond de l'Enfer, c'est-à-dire au centre de la Terre. Le dernier cercle, pour les plus mauvais des mauvais, ceux qui, jusqu'à la moelle, suintent la perversion et la perfidie : le cercle des « traîtres à leurs bienfaiteurs ».

Brutus, Judas. Et Lucifer lui-même les broie dans sa bouche pour les punir. J'avais remisé tous ces souvenirs et là, ils me sautent au visage, les « traîtres à leur bienfaiteurs ». Au centre de la Terre. Les pleurs et la bave sanglante. La trahison. Tapis là comme des malédictions. À nous pourrir l'existence.

la mère

L'impression qu'Isor n'a jamais voulu me faire de cadeaux. À mes anniversaires, toujours ces objets inclassables que je n'ai pas compris. Et aujourd'hui prendre conscience que jamais je n'ai reçu son intimité, son intériorité en cadeau.

J'avais cru, j'étais persuadée, que ces quelques moments que nous partagions, les tresses, ses danses mystérieuses qu'elle me laissait regarder, c'était sa manière de partager avec moi ce qu'elle vivait. Elle se *laissait voir*, oui elle se *laissait voir*. Et découvrir qu'en réalité tout cela n'était qu'une illusion, que ce n'était pas son petit cœur qu'elle m'ouvrait, mais sa carapace qu'elle acceptait que j'entraperçoive. Comment est-ce possible ? Est-ce seulement possible ?

Mon enfant, mon enfant chérie, tu savais écrire ? Tu avais appris ? Tu savais les mots, former des phrases, t'exprimer ? Et tu n'aurais pas voulu me l'offrir ?

le père

Et sur ce lit, la tête de Maude était bien trop pathétique pour que j'en prenne pitié. Elle était dévastée de douleur. De douleur ! Quand elle devrait être dévastée de colère.

Alors moi, à regarder sa petite tête écrasée, écrabouillée par le malheur, je n'ai pas pu la prendre dans mes bras pour la consoler. Oh, ça non. Je n'ai pas pu.

la mère

Je n'en reviens pas qu'on ait abouti à cette conclusion : ne rien faire. Ce matin, nous sommes allés tous les deux au travail. Ne rien faire. Camillio n'a pas tout à fait tort – elle va revenir prendre des nouvelles. Mais ce n'est pas une raison. À seize ans, on n'arpente pas les routes seule au beau milieu de la nuit. J'ai appelé l'hôpital ce matin. Il semblerait que Lucien ait moins d'un an à vivre – il n'était pas particulièrement à risques, mais à quatre-vingts ans tout pouvait arriver, et là l'AVC était plutôt sérieux. Selon eux, la crise n'a pas de cause externe, c'est déjà ça. Il aurait exprimé le souhait de rentrer chez lui, ce qui sera possible dans quelques jours, s'il a quelqu'un pour l'aider. Mais les infirmières m'ont prévenue que j'aurais un choc en le revoyant, il a perdu beaucoup de capacités cognitives – je n'ai pas osé leur dire que je n'étais pas de la famille.

Avec un peu de chance, Isor sera rentrée à la maison ce soir. Il faudra lui expliquer tout ça, elle se détachera de Lucien naturellement et cette histoire sera finie. Finie. Finie. Elle sera à la maison ce soir.

Papou, mama,

Tout roule droit, s'organise au poil !

Dès que je sors de Paris, une jeune famille de trois franco-algériens me prend dans la sienne voiture.

On est juillet ! C'est qu'ils rentrent pour cette vacance.
Paris-Marseille – puis la voiture sur le bateau.
La voiture pleine de cadeaux, beaucoup de parfums
pour tout le monde qui vit là-bas. Le Père Noël
de l'été. Ils écoutent des musiques sur des cassettes
et chantent, de sorte que la route va plus vite.
Y a des flots de notes des fois qui descendent
tout du long comme des cascades. Très beau –
Luce écoutait pas ça. Aïcha et Idir les parents
puis un fils – « Idir » ressemble à « Isor » un peu,
trouves pas ? Je descends un grand bout de la France
ensemble d'eux. C'est long, alors Aïcha m'apprend
à ce que je fais mes tresses toute seule,
d'une autre façon que tu connais pas :
ça commence en haut de la tête. J'aime beaucoup
beaucoup. Idir me dit que tout un village les attend :
là-bas, dans la maison, les draps propres dépliés, les
conversations sur eux à longueur des journées, les
tables pleines avec des pâtisseries
et les femmes savent déjà quels foulards vont porter.
Je reste ce soir dormir avec eux en Marseille.

T'envoie des réserves de bisous pour que tu
manques de rien ! Bises bises bises.

I.

le père

Deux choses. Premièrement : elle semble aller bien. Deuxièmement : mais qu'est-ce qu'elle fiche à Marseille ?!

la mère

Ces deux phrases dans ma tête, qui me reviennent et tournent en boucle – je n'ai aucune idée d'où je les tiens – « J'y pensais comme à une catastrophe possible. Je suis en pleine catastrophe. » J'y pensais comme à une catastrophe possible… Ces deux phrases comme les sous-titres de ce que je vis.

le père

Qui sont ces inconséquents qui prennent une gamine en stop sur plus de six cents kilomètres ? On n'emmène pas une enfant comme ça à l'autre bout de la France sans permission. Elle leur a menti, c'est sûr. Menti ! Comme à nous. Et si la prochaine fois elle tombait sur des pervers ? Et si, et si, et si…

Si on prend le train pour Marseille, le temps qu'on y soit elle n'y sera déjà plus. Elle ira où, après ? Si elle les suit en Algérie, on alertera la police. Tant pis.

Vous les deux,
Je respire. Je suis libre. Je marche
sur les chemins noirs. Le monde est à moi.
Je suis libre ! Comment il va, Lucien ?
Dis-lui que tout ira bien de lui comme de nous.
J'affronterai son désastre pour lui.
Je rencontre la nuit. À Bercy j'essaye, pour pas
que tu t'effrayes, de rentrer tôt, et puis c'est des
nuits de la ville, des nuits qui n'en sont pas,
des nuits où s'agroupent les gens
qui ont peur des nuits. Ici, pas de fuite !
Je regarde les couchers du soleil,

pour ce que je veux voir la nuit qui arrive
avec les siennes facéties et lenteurs. À cette heure-là,
il y a quelque chose faite pour moi, à ma taille.
Pour la première fois, j'ai plus d'air que j'en boirai.
J'avais des murs dans la tête. Des murs partout
partout partout. Les articulations qui grippent,
le sentiment entre les œillères. Ne pas oser s'élancer
à la lutte, à la conquête. Mais maintenant,
me suis mise à table du soleil et veux rencontrer
les hommes et les femmes qui ont du turquoise
plein les poumons. Ai franchi les barbelés de l'asphyxie
et je vis ce que je suis née. Suis grande aujourd'hui.
Reviendrai vite pour aboutir les promesses.

Bises, bises, bises, t'en fais pas ! Je vis le beau temps,

I.

le père

On parlait du mysticisme, le voilà ! Et en grande pompe ! Je ne m'étonne plus de rien. « *Je respire* », « *quelque chose à ma taille* »… C'est tout bonnement ignoble, ignoble qu'elle nous dise que notre étroitesse l'aurait étouffée, bouffée de l'intérieur. « *Les barbelés de l'asphyxie* », comment peut-elle nous accuser de cela ? De n'avoir aucune ambition pour la vie. Elle se trompe ! Car, en vérité, nous avons fait de notre mieux dans cette merde ambiante ! Nous aussi, nous avons nos sursauts. Elle pense être la seule à être vivante, à désirer être vivante ? Comme tout le monde nous avons nos frustrations, nos montées de sueur de minuit parce que le plafond est trop bas au-dessus de nos têtes et que nos rêves se font la malle alors qu'on voudrait bien les retenir. Elle croit quoi ? Nous ne sommes pas des êtres dociles en sommeil. Nous aussi nous désirons, nous aussi nous aimerions bien passer « *à table du soleil* ». Et cette petite garce qui ne comprend pas que ce qui nous en empêche, c'est que nous avons à nous battre précisément pour elle ! Nous voulons être un père et une mère pour ce petit animal-là, être son refuge – oui, nous avons osé le vouloir. Et à bientôt cinquante ans nous osons également réclamer un peu de paix, à défaut d'avoir eu notre destin rêvé. N'est-ce pas un droit universel, une fois écoulés les deux tiers de sa vie ? Du calme en échange de ses espoirs en miettes ? Parce que ça demande du courage, aussi, de tenir bon, un courage qui a juste moins d'éclat.

Et maintenant elle parle de nous comme d'une prison ? Qu'elle respire, qu'elle respire autant qu'elle voudra, cette petite idiote, mais qu'au moins elle ait la décence de ne nous accuser de rien !

la mère

Quelque chose est grippé. Je lis et je relis ces lettres des dizaines de fois, et je me les récite quand je ne les lis pas – elles étaient inadmissibles et elles deviennent illisibles, inaudibles, à force.

D'inquiétants poèmes… Des poèmes.

le père

Son « *désastre* » ? Mais il a foutu quoi, Lucien ? J'ai passé la journée à poursuivre mes recherches sur lui. Rien. Rien. Rien. Rien dans la presse française ni anglo-saxonne (on ne sait jamais) et rien concernant son casier judiciaire (j'ai fouillé le site gouvernemental et les archives judiciaires en ligne). Simplement sa carrière qu'il interrompt au milieu des années 1980 alors qu'il nageait en plein succès. Un meurtre, ça ne peut pas se cacher comme ça. Qu'est-ce qu'il a fait, alors ? Et surtout, quel besoin pour Isor de se mêler de ça ?

Toujours à la fois un diable et une sainte : pour nous, elle n'a jamais levé le petit doigt, pour lui, elle traverse le pays.

Mamou, pap,
Aujourd'hui, des épines de pins dans mes cheveux. Le paysage commence à ressembler. C'est Cassis ici. Je voyage ensemble de Manou. Baroudeuse (on dit ça, non ?), quarante ans, plutôt moche. Mais gentiiiiille. Elle me dit je vais avec toi pour l'Italie et pour le bateau de la Sicile. Si si gentille (mais flegmatique). T'inquiète pas, son papa policier, me l'a dit, pas de bêtises pour nous. Dans trois jours à la Sicile, dans quatre à Catane et puis on se dit adieu. Sera vite passé. J'aime tout tout tout de ces jours. Sauf les horaires, consignes, panneaux, et Messieurs qui contrôlent.
T'embrasse tous les deux fort fort,
I.

Mon père-mère,
J'oublie à la maison mon DVD préféré sur le castor. Tu prends soin, hein ? Mon préféré. J'ai fait le sac

très vite, oublié plein de primordiales choses
comme le DVD préféré.
Ai pris plein de mes trésors que j'ai « glané » (comme il dit Luce), pour donner des cadeaux à ceux qui m'aident. Eh oui : merci merci ! Et tout un tas de boîtes pour ce que j'en ramasse d'autres sur la route. Beaucoup des timbres pour les lettres et un stylo. La carte de l'identité. Beaucoup des élastiques à cheveux : important important. Chapeau de soleil et plein des chaussettes – j'aime pas si ça pue. Des sacs de cacahouètes – qui sait si y en a là que je vais ? Mais c'est tout ! En fait, pas besoin de plus – sauf le castor !

Bises, bises, bises,

I.

la mère

Quatrième jour depuis le Jour. Aujourd'hui c'est ces deux lettres que nous recevons. Elle a dû faire son sac pendant que j'étais chez Lucien, ou même quand je la cherchais dans le parc. Je n'avais pas pensé au plus évident : elle était chez nous. Je m'en frapperais tellement je me sens coupable. Toutes les dix minutes je sursaute, comme une misère qui n'en finirait pas de me tomber dessus, qui n'en aurait jamais marre de me rappeler sa présence.

Mais comment va-t-elle faire pour traverser la frontière ? Avec un peu de chance elle va se faire arrêter par la douane et elle rentrera à la maison. Fini. Fini !

le père

« *T'inquiète, t'inquiète, t'inquiète.* » Elle aurait donc tout compris à l'existence, à la mort, au voyage, à l'amour, et à tous les mystères de l'esprit humain, mais cette évidence-là, elle ne la voit même pas : nous, ses parents, nous ne pouvons pas ne pas nous inquiéter.

la mère

Elle n'est pas capable de ce qu'elle entreprend – je la connais, ma fille. Elle ne peut pas. Elle n'est pas faite pour ce monde, et ce monde n'est pas fait pour elle. Elle va s'en rendre compte. Elle va rentrer. « *Sauf les horaires, consignes, panneaux, et Messieurs qui contrôlent.* » Évidemment… Évidemment !

le père

Et puis l'Italie ? L'Italie ? L'Italie, c'est aussi *mon* pays, *mon* passé, que va-t-elle y faire ? Je ne comprends plus… Si c'est ça qu'elle voulait, on aurait pu y aller ensemble. Là-bas, les gens peuvent être bons comme ils peuvent être fous. Je vais aller la déclarer au consulat cette après-midi. Au moins, s'il arrive quelque chose, un attentat, un tremblement de terre, que sais-je, ils sauront.

Je poursuis mes recherches sur Lucien. Je ne m'arrêterai pas tant que je n'aurai pas ma réponse. Dans une vieille interview radio, je trouve qu'il a vécu deux ans et demi à Catane, après y avoir exposé en 1979, à trente-cinq ans. C'est certainement le nœud du problème. Il y aurait donc un lien entre ce séjour et sa retraite anticipée au milieu des années 1980 ?

Père, mère,
Ces dernières semaines chez vous, écarlates.
La colère bouffe les tripes. Me secoue m'écume
me séisme – hors de tout. À l'extérieur de ma tristesse.
Seulement dans ma colère je sors de ma tristesse.
Lucien qui faiblit, vulnérable. La colère.
De sa faiblesse. La colère de sentir chavirer les gens
qu'on aime. Il mérite la robustesse pour toujours
Lucien. Le dernier jour, ses yeux vides. L'attaque.
Lui par terre qui s'oublie. Et faut rien dire ?
Et faut rien faire ?
Les premiers jours du voyage aussi, des bouffées.
Ignobles à vomir. La révolte. Faudrait qu'il a
le corps sain. Faudrait qu'il a toujours le même
âge que moi. Faudrait mourir toujours ensuite
des gens qu'on aime. Et aujourd'hui déjà je le
manque. Une lame en acier. Un sabre d'argent
en travers la poitrine. Le grand éclat de glace que
rien réchauffera jamais. Je le manque ! Et tout le
temps qu'il me reste encore à vivre sans lui. Cette
semaine : un grain du sable dans ce qui m'attend
de la vie sans le voir. Faut pas penser. Faut agir.
Faut se dire que le temps ici passe dans le sens
de lui. Qu'il me tient chaud encore.
Bises bises bises que tu peux multiplier,
I.

la mère

Hier, pour la première fois depuis le Jour, je suis allée chez Lucien – il avait été reconduit chez lui en fin d'après-midi. Une aide à domicile a été engagée, il était vingt heures et elle était sur le point de partir. J'étais venue comme on monte au combat, dans cet état second où notre ressentiment nous aide à agir. Je voulais le faire parler, lui hurler dessus, le détruire, me venger. À cause de lui, Isor est partie loin de nous. Je voulais lui faire cracher le morceau, qu'il avoue que c'était lui qui avait mis cette idée insensée dans la tête d'Isor, je voulais qu'il s'excuse de son chantage, qu'il confesse son ignominie devant moi. « Oui, je vous ai volé votre enfant, oui ! » Mais il m'a fait tellement de peine que j'ai été incapable de le faire. Il divaguait un peu. Il a mis du temps à me reconnaître. Je dois dire que moi aussi : en quelques jours il avait tellement vieilli, comme si cette semaine l'avait roué de coups. Il avait perdu toute sa prestance et sa dignité, cette manière de sourire en se tenant très droit comme le prince de Galles. Son air honoré, son élégance. Non, vraiment, plus rien en lui – ni un geste ni un sourire – ne savait dire autre chose que « Je suis vieux ». J'ai repensé à Marie-Antoinette : on raconte que, lors de la fuite de Varenne, elle eut tellement peur qu'en une nuit tous ses cheveux blanchirent – je lisais cette histoire dans un recueil de contes lorsque j'étais enfant. Il y avait une illustration qui occupait toute la page de gauche : la reine exsangue, livide, allongée sur une sorte de marquise, sa chevelure décolorée noyant ses épaules déchues.

Lucien avait ce même air perdu que moi. Quelque chose de foudroyé et désolant. C'était comme un miroir. Lui non plus ne pouvait pas adhérer (c'était au-dessus de ses forces) à la réalité de ce que nous vivions, il semblait, comme moi, soustrait au présent. Face à ce reflet déroutant, mes pieds ont recommencé à toucher terre. Fin de l'apesanteur. Il n'y avait pas à tergiverser : Lucien n'était pas le responsable du départ d'Isor. Il le subissait lui aussi. De plein fouet – c'était vraiment le mot, un coup de fouet. J'ai décidé de m'occuper de lui. Une décision que Camillio ne comprendra pas. Je ne lui en dirai rien. Je traverserai simplement la rue chaque soir après mon travail.

le père

Est-ce que c'est ce quartier, où il n'y a que des trains, qui lui a donné des envies de voyage ?

C'est dément, cet attachement qu'il y avait entre eux deux et dont nous n'avions pas pris la mesure. Il y a des moments où je me dis : quand cette petite garce va rentrer, qu'est-ce qu'on va en faire ? Comment notre monde va-t-il se reformer ? Et puis je m'en veux, je la trouve atroce mais moi indigne. Et puis je suis furieux. Et tout se perd finalement dans la brume.

Ma père, mon mère, les deux,
Toute chose est bien. Le matin, quand je lave
les cheveux, je me dis : peut-être ce matin ils vont
pas boucler ? Et finalement, à la manière de tous
les autres jours, les boucles se reforment depuis

les cheveux lourds et lisses d'eau. Je suis toute contentement.
Mère, papou, ici sont les volcans. C'est fou : avant je m'ennuie tellement que j'aurais pu me mordre mes doigts, me mordre mes mains, me mordre mes bras pour que se passe quelque chose.
Ici sont les volcans. J'écoute les grands ventres qui gargouillent. Comme des ventres enceintes. Les gens ont peur, parfois, mais c'est si bon.
Je prends le bateau pour rejoindre la grande île.
Suis en train de laisser pousser des racines dans cette terre. De longues longues racines. Parce que j'ai l'impression que j'en ai de sérieuses.

Je vous embrasse comme j'aurais fait si je suis là,
I.

la mère

Comme prévu, je suis retournée chez Lucien. L'aide à domicile s'est occupée de le laver et de lui faire à manger, et moi je suis arrivée juste après, sur les coups de vingt heures trente. Quand je suis entrée, il y avait au mur, pendu à la bibliothèque, un cintre avec un pull, un pull bordeaux. Comme si Lucien voulait le voir en permanence. Comme une relique. Je ne l'avais pas remarqué hier.

Après qu'il s'endort, je fouille la maison de fond en comble, à la recherche d'indices. J'ai découvert qu'à lui, elle ne lui écrit pas de lettres. À moins qu'il les brûle, elle ne lui en écrit pas. J'ai eu beaucoup de mal à le croire. Car Lucien paraît informé. Il y avait par exemple, sur la table de la cuisine, encore sous plastique, un nouveau CD. Des chants siciliens, joués par l'orchestre national d'Italie. Comment Lucien peut-il savoir ?

le père

J'ai téléchargé une appli pour être informé en temps réel de l'activité volcanique de Campanie et de Sicile. À la moindre secousse, je reçois une notification. Qu'est-ce que je pourrais faire d'autre ?

la mère

Lucien jette sans discontinuer des regards fiévreux autour de lui, envahi par un manque que rien n'apaise. Nous ne parlons presque pas. Ou alors de choses futiles – mais il me semble que nous sommes réellement ensemble, à partager nos impuissances. Quoique : lui a parfois, aussi, des bouffées de joie qui me déconcertent.

Je crois que demain je lui amènerai les lettres d'Isor.

Papou, m'an,
Faudrait vivre cent ans pour les perdre ici.
Si je suis vieille, j'aimerais être là, ça suffirait
à ce que j'ai pas peur. Arrivée à Catane hier.
Tout est pareil de moi. Ça brûle, ça crie, ça chante.
La terre et la roche sont pleines de crises.
Les gens sont bronzés intégral, ils mangent
du poisson : j'adooore. Je reste là deux ou trois jours.
Le temps que me renseigne (j'ai pas d'adresse !).
Pour dormir, c'est chez une sorte de vieille-mère

toute tassée qui sourit tout le temps. Marcia. L'italien, c'est facile : c'est la langue dans laquelle tu rêves, papa. La connais par cœur.

Toi et toi et toi me manquent, surtout le soir.

Mille bises,

I.

le père

Maude, qui jusqu'ici ne pouvait plus entendre parler du vieux, va maintenant chaque jour chez lui – elle croit que je ne m'en suis pas rendu compte. Nous nous mentons sans cesse, elle et moi (dans notre vie le brouillard s'est épaissi et la vérité se tapit derrière). Ou plutôt, nous avons arrêté de tout nous dire. Son incapacité à se contrôler m'exaspère, et mon pragmatisme, qu'elle prend pour de la froideur ou de l'indifférence, lui est exécrable. Alors on gère chacun de notre côté.

J'ai maigri. De nouveau je dors mal. Et je vous prédis que ce n'est pas près de s'arranger.

Ce matin, je me suis résolu à appeler mon frère. Depuis le pseudo-diagnostic d'Isor, ce connard ne m'appelle jamais, et lorsque c'est moi qui décroche mon téléphone, il me fait la conversation comme si ma fille n'existait pas. Cette fois, il n'y avait pas de protocole pour le service que j'avais à lui demander. Je pataugeais. Tout ce que j'arrivais à dire sonnait faux, c'était ignoble. Pareil pour lui d'ailleurs. Tout le monde avait perdu la partition. Mais le message est passé. Demain samedi, de Naples, il va prendre le bateau pour Catane.

• • •

Camillio, Maude, vous les deux,
Oh ça y est, ça y est, ça y est ! Suis heureuse comme l'éclair se décharge sur les pins parasols. J'ai Aniella contre le cœur. Il faut que te dise – je crois que c'est mieux pour toi à savoir. C'est Aniella que je viens trouver. Suis arrivée ce matin à la petite aube au bout de la clôture. Elle a entendu le grincement du portail alors est sortie. Nous sommes vues. Le ciel mauve au-dessus de nos épaules. Les mains humides de lait, elle trait les brebis, là-derrière. Nous nous gardons et regardons. Il fait silence. Ani comprend que je suis l'importance, que je viens pour quelque chose long et urgent. Je montre la photo de son père. Je dis Je serai l'ambassadrice de lui auprès de toi. Je serai le temps perdu. Je serai le pardon que vous n'avez pas pu se dire. Je serai l'étreinte manquée, la connivence. Lucien, il va mourir heureux. Lucien, il m'a donné le monde. Il m'a dit avec ma colère et mon envie je saurai vivre. Toi et toi, tu as peur, le sais. Lucien lui c'est ma confiance. Dit qu'avec la colère et l'envie on vit peut-être même mieux que les autres. Comment je remercie de ça ? Parfois je m'assieds et je pense : comment je remercie de ça ? Si je peux, je prends une fusée et on va voir la lune, juste les deux ! Mais. Alors j'ai trouvé cette enfant qui lui fait mal, sans guérir. J'ai dit : ça je peux ! Lucien, il va mourir heureux.

P.-S. : Si tu jures jures jures que viendras pas me chercher, je te donne l'adresse d'Ani, pour que te rassures. C'est près de Taormine.

I

Chers toi et toi,
Une semaine comme une mélodie, et ça vibre uniquement de notes de justesse et de justice. Quand je viens l'autre jour, Ani laisse les chèvres et me monte en haut de sa petite colline – monte lentement, précieucautionneux, pas à pas – impression qu'on a tout le temps du monde mais que ce qui se passe ça compte comme mille. M'assoit au sol et me regarde et nous taisons. Elle m'est grande, elle m'est forte, elle me dit Ça fait des années maintenant que je décide de rien attendre, simplement prendre à bras le corps ce qui m'advient – me laisser chambouler si c'est ça que ça demande. Ce que tu apportes, c'est un des plus grands BOUM de ma vie. Je veux que je nous donne le temps. Je veux que cet évènement-là nous dure. S'étire. Te le demande – si tu veux bien – que tout du long de la semaine tu rerécites ce que tu viens de dire (l'ambassadrice, le pardon, l'étreinte manquée, la connivence), que tu le rejoues chaque jour pour l'aube. Cette détonation grande que tu exploses dans ma vie – la joie sans-modèle-sans-mesure – je veux l'entendre sept fois encore. C'est comme ça que je veux j'aimerais nous donner le temps de comprendre ce qui nous arrive là et ce qu'il va nous arriver ensuite. Laisser la place

à ce que tu me portes. Si si très précieux
– tellement que je veux le manger
et le digérer encore.

Voilà ! J'envoie des bisous et des mélodies très belles à vous-chacun que j'aime,

I.

• • •

la mère

J'ai trouvé. Enfin j'ai trouvé. Après avoir fouillé toute la maison. Des articles de presse. Découpés aux ciseaux. Dans un vieux cartable. En haut d'une étagère. Ce qui s'est passé le 3 janvier 1980 tout près de Taormine. L'article est en italien, extrait du *Giornale di Sicilia*, on ne voit qu'une partie du titre. UNE FEMME NOYÉE EN TENTANT DE SAUVER SA FILLE ÂGÉE D'UN AN. Et tout à la fin du dernier paragraphe : « Le père de l'enfant, un photographe français, n'est autre que Lucien Vincent, venu exposer en automne dernier à Catane après la remise de son prix par notre Académie. » Voilà, voilà donc, finalement.

le père

Sergio a rappelé. J'étais au travail. Il n'a pas laissé de message mais il a envoyé deux photos et un enregistrement audio. Sur la première image, on voit Isor caresser un énorme chien, assise dos contre un muret, et à côté d'elle une femme, debout, qui semble surveiller quelque chose au loin, sans doute un troupeau. Sur la seconde, à travers la fenêtre, on les voit cuisiner ensemble. Et dans le vocal, par-dessus le bruit du vent, on entend au loin deux voix : la voix de cette femme, certainement, qui donne des indications en italien à Isor pour la traite des chèvres, et une autre voix, sans cesse changeante, qui ne peut être que celle de notre fille.

la mère et le père

Ce soir, en rentrant à la maison, nous découvrons les deux lettres précédentes, et tout se confirme.

• • •

Papa, ma mère,
Sûrement tu as trouvé l'article dans la mallette
– celui que je lis un mois avant toi. – Le sais,
que tu fouilles. Alors élucidé, n'est-ce pas ?
Comme ça que j'ai su, tout pareil. Deux mois avant
de partir, je trouve, pour ce que je cherche des
habits chez Luce, des tirages de la sienne dernière
expo, Paysagerie dans la Sicile. La boîte scellée au
Scotch pour que jamais plus l'ouvrir. Jamais plus
l'ouvrir mais la garder là, comme la cicatrice.
Je sais pas ce que tu penses, mais faut le
comprendre, Luce. Il en faut, des épaules spéciales
pour le deuil comme ça, le deuil sans cadavre mais
qui laisse un corps vivant : le petit enfant.
Luce vit pas avec Ani, s'est pas senti capable. Il a vu
que vivre avec son chagrin, seulement,
était à sa mesure. Pas capable mais coupable :
une manière tout à lui d'être fidèle.

Oh, chéris-le du mieux qui se peut. Plein de baisers pour vous,

I.

Père, Mère,

Avec Ani maintenant il faut vivre ensemble, autant que faudra. Peut durer six mois, tu sais ! Mais pas trop long le temps. Un jour, plus tard, je reviens ici peut-être toute la vie – mais pas maintenant.
Je mets ma tête sur les genoux d'Ani et j'attends que la vie vienne nous aimer. Elle manque jamais le rendez-vous quand j'ai la tête ici. C'est la même odeur, exactement, que les genoux de Luce.
Tu sais, toi, que les genoux ça a tant d'odeurs ?
Fais la bise à Luce pour moi, sur la droite joue, c'est là qu'il aime le mieux.

Je t'aime tous aussi,

I.

• • •

le père

Hier, pour la première fois depuis maintenant des semaines, Maude est venue me parler. Elle tenait à la main un article.

la mère

Hier, pour la première fois depuis longtemps, Camillio et moi avons parlé. Au bout d'un moment, il a sorti son téléphone et m'a montré une conversation avec son frère.

le père

Nous avons décidé de laisser une place, au milieu de ce marasme, à une forme de réjouissance.

la mère et le père

NOUS RELISONS LES LETTRES D'ISOR. AVEC L'IMPRESSION DE PARVENIR À LES LIRE POUR LA PREMIÈRE FOIS.

le père

En dehors de la frayeur qu'elle nous a faite, nous avons compris que ce qu'elle a voulu accomplir n'a rien de répréhensible. Elle ne distingue pas la frontière entre *ce qui se fait* et *ce qui ne se fait pas*, parce que c'est trop dangereux ou trop intime. Elle n'a pas compris que c'était la tâche des anges.

la mère et le père

ELLE N'A PAS COMPRIS QUE C'ÉTAIT LA TÂCHE DES ANGES.

la mère

Nous relisons les lettres. Au feutre jaune, nous surlignons les phrases qui nous consolent. « *Toi et toi et toi me manquent, surtout le soir.* »

le père

On essaye de s'en servir pour gommer tout le reste. « *L'italien, c'est facile : c'est la langue dans laquelle tu rêves, papa…* »

la mère

Nous percevons son calme, et notre panique. Nous percevons la limpidité de sa détermination, et notre brouillard.

Nous l'imaginons désormais écrire tous ces mots avec sur son visage ce sourire de quiétude qu'elle n'avait jusque-là que dans le sommeil.

• • •

le père

On ne m'a jamais appris le pardon. D'où je viens, ce que l'on apprend surtout, c'est la rancune.

Mais pour la première fois, Isor, tu nous dis que tu nous aimes et que tu veux partager. Tu rognes sur ta carapace pour ne pas que l'on s'affole. Une lettre par jour, que l'on reçoit par paquets environ deux fois par semaine. Et ça doit te prendre du temps, avec ta petite écriture maladroite, les mots qui n'ont pas tous la même taille, les lignes qui ondulent…

Ces lettres, c'est ta manière de nous tendre la main, il nous faudra trouver la nôtre.

la mère

Je réécoute l'enregistrement qu'a fait Sergio. J'y découvre la voix de ma fille. Qui parle vraiment, dans un langage intelligible. Je l'écoute en boucle. Cette voix que j'avais fini par oublier de désirer. Durant la première moitié de l'enregistrement, elle ne m'étonne en rien : c'est exactement la voix de ses *langues étrangères inventées*, une voix pleine de modulations, qui saute d'un timbre à l'autre, comme la voix d'un jeune adolescent qui mue, une voix qui sautille et s'agite, sans choisir pour de bon telle ou telle tonalité. Et puis, dans l'enregistrement, se fait un silence. Un silence qui dure peut-être une minute ou deux, si bien que j'avais d'abord cru que l'audio se terminait là et avais éteint mon téléphone. Mais non, en réalité il se poursuit. Et après ce silence, Isor a une voix que je n'aurais jamais parié être la sienne et que, pourtant, je ne peux que lui attribuer, une voix qui lui sied encore mieux que la précédente. Il s'agit d'ailleurs de la voix de l'appel téléphonique reçu à la caserne – j'ai vérifié. Une voix profonde. Une voix d'or. Qui sait ce qu'il faut faire, ce qu'il faut dire. Lourde, ourlée – la voix d'une reine. Et la première fois que je l'ai entendue, j'ai pleuré, sans plus finir.

Avec cette voix, le futur d'Isor s'est ouvert. Et tout en même temps que j'ai eu peur, une peur terrible, de ne jamais pouvoir entendre cette voix dans la réalité, avec ma fille devant mes yeux qui me parle, j'ai compris que si je tentais de ramener Isor en France, l'ascension de cette voix-là, de toute cette sagesse et cette merveille-là, serait peut-être bloquée pour toujours.

J'ai compris que si je voulais rencontrer ma fille il fallait la laisser, encore un peu, vivre loin de moi.

le père

Dans les lettres aussi, il y a ces écarts : sa voix d'enfant rieuse qui tremblote et bégaye, et sa voix de grand sage qui nous toise avec bonté. Et je me rends compte, à présent, qu'il y avait déjà cela dans ses silences. Avant son départ, avons-nous seulement écouté ses silences ?

Écouté l'urgence à vivre de son silence ?

Et maintenant, le saurons-nous, écouter sa poésie, partager son souffle de joie, lire ses lettres comme autant de chances qu'elle nous offre pour trouver UNE NOUVELLE MANIÈRE D'ÊTRE UNE FAMILLE ?

la mère

Pourquoi se sentait-elle mieux avec lui, cet homme – et désormais cette femme ? Durant trois ans je n'ai pensé qu'à cela, qu'à ce qui nous manquait à nous, Camillio et moi. Aujourd'hui, la question est toujours là, mais plutôt comme une équation et non plus une douleur. Moi, la pompière, lui, le cascadeur du ciel, c'est bien de nous qu'elle tient, non, de ses parents ? Elle s'extasie des volcans, se dit en feu. Et moi alors, qui ai fait de cette attirance mon métier ? Moi qui, chaque semaine, côtoie les flammes, y pénètre, les dompte ? L'incendie derrière le casque, qui lèche la combinaison sur le point de fondre. Ne l'aurait-elle pas vue, ma fille, cette ressemblance ? Et sa passion des grands espaces, de qui sinon de son père, qui passe ses journées accroché à une poulie, qui a ce besoin de disposer de l'air de tout Paris pour lui seul ?

Mais elle continue de se sentir mieux avec Lucien, avec Aniella... Je ne peux rien contre cela, mais je lui dirai, quand elle rentrera, que nous avons tout de même ces quelques saillances pour nous comprendre.

le père

J'ai remercié mon frère, sobrement, pour l'enregistrement et les photos. Je l'ai remercié « sobrement » parce que je ne savais pas comment faire après avoir été brouillés si longtemps.

En quarante-six ans, ce sont les plus beaux cadeaux qu'il m'ait faits. En un coup, il me réconcilie avec ma fille et avec lui. Je sens très nettement que c'est la levée de *la malédiction du sacrifice*. Nous aussi, nous sortirons de l'enfermement.

la mère

Je regarde et reregarde les photos envoyées par Sergio. Aniella me fait beaucoup d'effet. Elle est grande, élancée et solide. Musculeuse des épaules, surtout. Des épaules larges qui assument, qui sont comme une forteresse. Pas « mince » comme ces femmes à qui la minceur sculpte une silhouette serpentine. « Mince » comme une ascète de la montagne. Ses longs cheveux blonds, bouclés, lui font une couronne. Si bouclés qu'on les dirait emmêlés. Relevés par un foulard qui est le seul signe d'un souci de son apparence – elles ont l'air drôles (drôles, non : complices ?), Isor et elle, avec cette même faculté à être tout à la fois coiffées et échevelées. Ses habits, trop larges, sont usés et salis. Quelque chose d'un peu hippie, d'un peu anachronique dans ce jean effiloché, retenu par une énorme ceinture.

Elle a les yeux de son père – la couleur, je veux dire. Ça me trouble aussi, cette attitude qu'elle a : très occupée (elle surveille son petit troupeau ?) tout en ne faisant rien. Attentive et rêveuse, comme si elle contemplait en même temps que ses bêtes une idée. On sent (je sens ?) en elle cette capacité à prendre des décisions radicales, à agir sur le réel, à prendre la vie au collet, et une patience méditative, la joie de la tranquillité. En plus d'une intelligence fulgurante, elle dégage une douceur telle que je n'en ai presque jamais vu de ma vie.

Le soir, avant de m'endormir, je scrute les photos et je fais des conjectures, encore et encore, sur ce visage qui m'hypnotise – et on dirait qu'Isor, déjà, commence à être habitée par la même douceur – sur la photo de la cuisine, il y a tant de *nouveauté* en elle.

le père

Maude semble envoûtée par Aniella. Hier soir encore, elle m'a demandé : mais comment cela se peut-il qu'une personne qui a perdu sa mère et qui a été abandonnée par son père dégage une telle douceur ? Je lui ai dit que, durant mon enfance, en Italie, j'en avais vu un ou deux, des visages comme celui-là. Je lui ai dit que, précisément, c'était souvent des regards de gens qui avaient pris des coups. Et qui avaient accepté ces coups. Là, dans ce lieu si secret où ils accueillent l'injustice, ils trouvent une ressource inexplicable de douceur.

la mère et le père

Avant son départ, avons-nous seulement ÉCOUTÉ SON SILENCE ?

Maintenant, il est l'heure, vraiment, d'ÊTRE UNE OREILLE.

Vous que je porte en mon profond,
Ici les nuits sont douces comme le lait.
Aniella a un chien qui me lèche les mains. Kiko est son nom. Il est un berger allemand, je crois. Quand je lui caresse, il veut faire pareil mais il a pas de mains alors il fait avec la langue, approche sa truffe. Il a de grands yeux noirs. Et des longs longs cils bruns.

Je t'embrasse toi aussi tout plein,

I.

Ma père, mon mère,
Suis en éclosion. Me sens pleine de bourgeons qui s'entrelèvrent. Me semble être un arbre fruitier que les fleurs commencent à donner des trésors. Je porte toutes les promesses de la terre à bout de mes bras. Je m'avance tel un jardin, tel un côteau, à la rencontre du printemps. Je cours.
Je vais mûrir, je vais me rouler dans ces fleurs pour la vendange. Oh, quelle saison !
Un véritable ami nous apprend le printemps.
À fleurir quand on est loin de lui.

Dis merci merci à Lucien,
dont je suis pleine de cadeaux.
Je te garde tout mon souvenir aussi,
I.

Vous les deux,
Aniella et moi, se quitte jamais.
Le matin, je suis Isor. L'après-midi, après le repas,
je est un autre. Je est Luce : j'agis comme lui.
Pour tout. Les petits gestes et la manière de sourire
en impliquant le nez. La paresse de quinze heures
et la manière d'être heureux en retard, une heure
après les évènements joyeux. Comment il pose
le disque avec cérémonieuseté sur la platine, par
le petit doigt, et qu'il déteste prendre le soleil là
qu'il n'a plus de cheveux. Qu'il ne sort pas
sans le miroir de poche mais qu'il ne s'y regarde
jamais dedans. Qu'il sait, au chant des oiseaux,
s'ils sont migrateurs mais qu'il ne connaît
pas leur nom. Qu'il n'aime pas qu'on boive
dans le sien verre mais qu'il picore toujours
dans ton assiette, en te parlant. Sa manière d'aimer,
réticente puis absolue. Comment il pardonne.
Comment il désamorce toute la rancœur. Sa façon
d'être fidèle à sa peine jusque dans le bonheur.
Aimer quelqu'un, c'est savoir ses détails.
Sur le bout de la langue, sur le bout des doigts.
Ani le connaîtra aussi parfaitement bien que moi.
Bises, bises, bises comme on en fait plein,
I.

À vous,
Un mois, ça fait, que je suis partie. J'ai la peau marronne, tout beige foncé, et les petits poils dorés le long des bras. Ani a recoupé ma frange, qui me barrait les yeux, mais ça fait toujours une casquette utile versus le soleil. J'ai grandi de presque un centimètre. Je sais faire le vélo. J'ai une mini cicatrice sur la cheville, là que je suis tombée il y a deux jours. Quoi d'autre, qui n'est plus le même ? Je suis un être envolé et utile. La conscience que c'est la première action de ma vie. Mais ma peine reste égale, pas érodée, niente niente. Le grand bloc de glace pas encore fondu.

Oh, je manque tout de Paris et de Luce, et de vous,

I.

Chère maman, mon père,
La maison d'Ani est toute merveilleuse ! Ici les volets en bois, ici pas de spatule pour racler le saladier à gâteaux, ici le canapé en cuir. Rien comme chez toi et toi. Le paysage est le plus bel. Elle est une vieille maison mais possède de grandes grandes fenêtres. Ça fait qu'on voit la Sicile depuis tous les coins. C'est un balcon. Tu vis avec la vue comme avec une personne : le soir tu rejoins sur la terrasse, le midi tu quittes quand il fait trop chaud. C'est la Sicile entière, pas simplement le petit bout : se sent pas dans un endroit précis, un petit sous-marin qui te fait oublier que le reste du monde existe. Non non nenni ! On voit tout le royaume,

écrasé de perspectives. Se sent à la fois
dans chaque arbre, dans chaque ombre,
dans chaque maison qui est ici.
Ça fait péter la tête et le cœur, maman.
Ça fait comme boire toute l'eau du monde, papa.
Se sent personne mais se sent partout. Un jour
j'espère que tu pourras voir aussi.

Maintenant il faut dire au revoir.

Au revoir,

I.

Papou, ma mama,

Lucien et moi, on était dans le vide. En équilibre.
Lui, sa vie, il l'avait faite. Et il avait voulu l'oublier
toute. Moi, je n'avais rien encore.
On avait pas d'âge. Ensemble dans ce néant-là.
La première fois que j'ai rencontré Luce,
n'avait pas honte d'être triste. D'avoir devant
une inconnue ce visage triste qui était son visage
de tous les jours. Il ne faut jamais avoir la honte
d'être ému.

Mille bises,

I.

Cher papou, mama,

Elle m'apprend à nager, Aniella avec Kiko.
La mer à quinze minutes en vélo. On y va les fins
de semaine. Le sable noir – ancienne coulée.
Kiko fait la bouée à côté de moi. Il la fait bien
puisque j'ai pas peur. Ani laisse faire mon corps,
qui trouve tout seul. Quelque chose en moi

sait nager : pas d'ordre rouge, pas de méthode obligée. Juste des tentatives qu'on laisse nous rendre visite pour trouver ce que l'on sait depuis toujours.
C'est beau la mer qui te berce mais qui s'en fout.
Quand le soleil s'affaisse, Kiko me tire vers la plage, sinon je nage encore, encore, encore.
Et après j'ai trèèès faim.

Et toi, tu vas comment ? Bien ? C'est bien.
Je t'aime.

I.

Papa, mère chérie,
Ani a douze petites chèvres. Je dis petit pour dire mignon, parce qu'en fait sont plutôt grandes. Elles donnent pas toujours beaucoup du lait,
mais juste ce que ça nécessite pour Ani et puis moi.
Plus pour quelques fromages à vendre. J'aime pas du tout traire, trouve ça écœurant, mais j'adore brasser pour le fromage. Ani me raconte que le latin « kapra » (s'écrit comme ça ?), la chèvre, ça devient « caprice » pour ce que les bonds de chèvre ça serait im-pré-vi-sible. Tu savais, toi ?

Je t'embrasse et je te fais un câlin pendant au moins trois minutes !

I.

Vous les deux,
Boum, boum, boum ! Prffff, bam, bouuu...
Chhhh... Bronnnn ! Éruption de l'Etna. Petite, hein, panique pas ! On se réveille dans la nuit,

on la voit qui s'était accrochée à un petit nuage
tout gris et qui brillait. Beau, beau, beau ! Ici,
on parle de l'Etna pareil que d'une femme.
Una donna. On dit Elle est en colère. C'est amusant.
Une histoire sur le Vésuve : ça serait un amoureux
d'une naïade qui vit dans l'eau. Il tempeste broum
bam et s'écoule vers la baie pour être les deux
ensemble. Ani m'explique : ce qui sort depuis le
cratère ça fait partie d'un grand système que ça fait
même bouger les continents ! Ça aussi,
tout aussi drôle.

Je suis très joie. Je t'envoie mes pensées,
I.

la mère

Isor et Lucien sont connectés. Le jour où s'est produit l'éruption, avant-hier, Lucien s'éventait de la main, il était trempé de sueur – pourtant il faisait à peine seize degrés. Je ne cherche plus à savoir comment cela est possible, je constate et m'ébahis simplement.

Chers père-mère,
Bientôt je fais retour. Deux semaines – max max
max. Ani achète pour moi le ticket d'avion.
Sera rapide.
Pour moment, je t'envoie quelques photos
que je prends pour toi avec Ani. Ani a acheté
un appareil photo à Catane, là qu'on est allées
pour qu'elle vende le fromage et les dessins
qu'elle fait (elle dessine les gens qui veulent).

Savait pas que Luce fut photoman, le lui ai dit : elle adore.
Tu vois sur la première le collier à Kiko, tout tressé par Ani, avec des petits coquillages d'ici.
Puis tu vois moi qui dors. Puis tu vois Ani qui dort. On dort idem, t'as vu ? Le genou à angle droit.
Et après, tu vois Donna Etna avec son chapeau blanc. Et bonus pour pap : le tiramisu qu'on a fait à Marcia, la dame chez où je dors quand j'arrive à Catane, et qu'on est allées dire merci avec Ani.

Bientôt très vite on se prend dans les bras, promis.

I.

Mon mère-père les deux,
L'impression que les choses deviennent plus simples au fil des semaines. J'ai moins peur des gens, de moi. Lucien me manque encore pire que les couleurs quand vient la nuit. Mais le reste, c'est une idylle. Je prends possession. Du grand territoire. Enfin je dis « c'est pour moi, tout ça, c'est un endroit fait pour moi aussi, le monde » ! Tout finira content tu verras ! Luce, Ani, toi et toi et moi, la happy end bien comme il faut.

Ciao grosses biscs qui te disent que tu comptes,

I.

Les deux parents chéris,
Tu sais, suis troublée de ce qu'ils sont semblables mais distincts, Ani et Luce, Luce et Ani. Idem de Luce, Ani est fidèle, mais elle est toute réjouissance.

Idem de Luce, Ani a les yeux aigue-marine
et le corps svelte, mais pas cet air rigidigne.
Idem de Luce, Ani s'accommode des solitudes,
mais jamais sans Kiko.
Parfois, a le semblable air d'endurance craintive,
qu'elle refoule aussitôt.
Je veux te dire encore qu'y a deux jours nous allons sur la tombe de sa mère, une stèle sans rien, sur le nord à Taormine. On y voyait la baie qui scintille pareil que les bijoux. On dépose au sol, dessus, des pommes de pin et des coquillages pour faire les mandalas, des cercles et des couronnes. Calme calme calme... Un instant plein comme une bille qui roule.
Ça y est, je dis tout pour aujourd'hui.

À demain les deux ! Je t'embrasse mille et cent,

I.

Toi et toi,

Les matins me prennent aux hanches avec leurs longs doigts glacés et me demandent : « Il est où ?! » Et ça devient tout un dialogue avec moi-même, pour que ça calme :

– Il est où, Luce ? Je ne le vois plus...
– À Paris.
– Mais on est où, nous ?
– À Sicile.
– Mais c'est loin ! Pourquoi c'est loin ?
– On est partis pour lui, te rappelle.
– Pourquoi nous, nous, nous, nous ne sommes pas ensemble ?

– *Tranquilla* : si ce qu'on fait on le fait pour lui alors on est ensemble.
– Mais non, non, nenni ! Il est où ? Luce est où ?
– À Paris te dis ! M'écoute pas...
– Son corps au nord de l'Europe et nous ici, sur une île de mer, où il est pas. Pourquoi ? Il est où, le sens ? Les jours qu'on perd c'est des soleils qu'on éborgne, c'est des magnolias dont on souffle la bougie.
Et puis grand silence, que je sais pas quoi répondre. Alors je sors du lit, la montagne me réchauffe, et alors il me souvient que Luce m'aime toujours, pour dans mille ans. Et ma mission qui me remonte, comme une évidence ; et ça me bat sous la peau comme un courage dont on tirera les fruits. C'est le péché, quand on s'aime, de pas être faceàface cœuràcœur peauàpeau. Mais aussi c'est le péché pire pire pire de ne pas faire fructifier les amours : je vis mon aventure ici grâce à ce qu'il m'aime, et ce qu'il m'aime je vais je vais le lui rendre en l'aimant. Et ça, ça finira par effacer le reste.

Je pense à toi aussi,

I.

Toi-qui-es-mon-père, Toi-qui-es-ma-mère, salut !
Hier nuit Ani m'entend que je pleure dans le sommeil. Emplie de gentilles choses, elle penche son visage au-dessus de moi et me réveille. Oh je pleure-larme pleure-perle pleure-sanglot

même éveillée. « Qu'as-tu, qu'as-tu ? », sa bouche pleine de consolations tendres. Oh, je dis, c'est que je manque ces trois gens de France (je veux dire : toi toi et Luce). Mais peut-être tu es fâchée que ton papa me manque ? « Non », qu'elle fait. Me prend dans ses grands bras et me chante belles comptines. Puis « À moi aussi m'a longtemps manqué quelqu'un. » Qui ? je dis. Luce ? Ta maman ?
Les secrets j'en ai marre, marre du tout ! Je veux que tu contes et racontes. Pour ce que c'est la nuit, pour ce que je suis triste, pour ce que les étoiles ça veut que tu sois sincère.
Alors Ani commence l'histoire : Ani ingénieur à Catane. Ça lui plaît. Dessine des bateaux de voile. Un jour, Ani fait la rencontre de l'amour ! L'amour, c'est une femme de vingt-cinq ans comme elle. Un jour (pas le même, hein ? c'est après), alors qu'elles vivent de concert, ça se désaccorde : celle-là l'aime plus. Ani se sent qu'elle meurt et se dit C'est le nouveau début ! Elle quitte les bateaux et les dessins et prend cette maison *con le capre*. L'amour était une chose trèsvastetrèsvraie dans la vie d'Ani. Maintenant en Ani ça désire vivre toujours aussi grand. Mais la femme-amour est envolée ! Donc décide de partir chercher les autres choses trèsvastestrèsvraies qui existent ailleurs.
Oh, voilà comment on devient la belle personne !

Et toi ? Dis-moi que tu es tout joie. Je te souhaite d'être bien !

I.

Pap, man,
Hier soir Ani m'emmène à Catania et on va dans un club pour écouter des musiques. Toute la journée je siffle beaucoup les airs qu'on écoutait, Luce et moi. Je siffle sans me rendre compte, puis le soir j'écoute avec Ani les disques à elle. Quand tout du travail a été fait, on se boit de la limonade, se vautre sur les coussins multi-couleurs et écoute nombre nombre de disques, fenêtre ouverte.
Du « jazz » souvent, elle m'explique. Alors hier qu'on avait du temps un peu plus que d'ordinaire, elle me mène dans un club qu'elle allait souvent. Les gens gigotent comme les crevettes, la musique est cool. Hier le chanteur a la guitare verte assortie aux bottines. Première fois qu'il chante en Italie, sourire niaiseux charmant. Le guitarman a des boucles d'oreille et robe de chambre. *Spero* que ça existe, les choses comme ça, à Paris tout pareil, me plaît bien !

Il faut que je t'embrasse fort maintenant
– Ani m'appelle en la cuisine,

Bises, bises, bises,

I.

Vous que j'écris,
Ani m'emmène deux jours sur la montagne, pour marcher. Et parce que ça fait deux nuits qu'il fait si bon que j'apprécie dormir dehors la maison, plus sous le toit mais sous le ciel. Alors Ani me prend avec elle pour qu'on s'aille dormir vraiment loin.

Je continue d'être le professeur de la Luciennerie. Avec ap-pli-ca-tion. La meilleure leçon que je donne, ça a été dans la montagne justement. Par hasard, je refais perfectemment la mine d'amour de Luce : quand la tendresse qu'il laisse enfin couler lui donne la bouille ronde, les yeux fauves, et puis la bouche toute près de palpiter entre le rire et le brouillard.
Ani comprend tout. Ani a compris ça. Ani elle est belle. Dans la montagne, penchée sur le réchaud de bois, tranquille. Occupée à la soupe, le visage qui dore comme un pain tout chaud, le visage en tango qui semble bouger à cause de la flamme.

T'envoie ces images en guise de baisers.

I.

Mon-pap, ma-man,

Luce et moi on a vécu profond dans les corps, sans les mots. Quand on se tait comme nous on s'est tus ensemble, c'est qu'on dit oui à tout de l'autre, que y a que ce oui à entendre, assourdissant.

Au départ peut-être on se sent loin de pas se sentir pareils – deux humeurs humides. Puis, dans la patience et dans le désir d'être ensemble, ça se concilie. Et finalement on se joint dans une même humeur qui nous rassemble : comparses dans la mélancolie ou compères de joie. Et c'est les corps qui font ça, qui savent briser les solitudes.

Ici aussi avec Ani, s'y prend de même. Ani elle veut qu'on mange seulement avec des cuillères et dans les bolinettes (comme me plaît !). On s'assoit sur le petit parvis de pierre, sur le front de la vallée, dans l'angle qui reçoit le soleil. Sûr qu'à la fin, à la force de faire les mêmes petits coups de cuillères devant les mêmes pierres, rien ne nous séparera plus. À quoi ça sert les meubles quand on a le paysage pour s'asseoir ? Certaine qu'avec Ani on se rejoint par les mêmes chemins qu'avec Luce, les chemins qui ont d'ambition que le présent.

Mille bises tendres que j'envoie spécial dédicace pour toi,

I.

Mon père-mère,

C'est le moment. Cette lettre est postée depuis l'aéroport. Arriverai avant elle, certainement.

Ce matin au marché : Ani vend ses fromages.

Et je joue à l'ombre de la camionnette, ensemble de Kiko.

Une vieille. Renfrognée. Grognon, gronchon. Elle achète. Va repartir sans le mot.

Et voilà Kiko aboie, saute sur place !

La vieille regarde, m'avait pas vue. Une chose perce son visage. Ça remonte de dessous des couches et des couches de fadeur. Refait surface. Ébauche de réjouissance. La vieille effleure ma joue. Resserre l'élastique de mes tresses qui s'en allent – sourire. Puis part en sifflotant un air de joie de Mozart – je reconnais. Silence comme un doigt sur nos bouches à nous deux. La vieille s'est rappelée qu'un jour elle sut chérir.

La vieille, à ce moment-là, c'était un peu des tréfonds de Luce qui prend une autre chair, là, devant nous.
Ani dit « *La vecchia mi ricorda babbo* ».
Et c'est vrai. Oui. Épiphanie.
Ani sourit faible, timide comme une bougie qui vacille.
Luce, il est vraiment dans son cœur, elle connaît car elle reconnaît.
On a foncé dans la camionnette des fromages : deux heures plus tard Ani me pose deux bisous à l'aéroport.
Maintenant : imminentmédiat le retour !
Vite. Vite. Vite. VITE.

Lucien

Vite. Vite. Vite. VITE.
Dis, mon Isor, reviendras-tu demain après-midi ?

ÉPILOGUE

Le ciel est rose. On voit, au premier plan, quelques arbres, peut-être un cerisier et un pommier, ou peut-être autre chose. On voit quelques fougères aussi, des insectes qui volent par guildes entières dans des trouées de lumière rasante, et de larges touffes de reine-des-prés, qui forment de petits pointillés blancs, à la manière d'un décor qu'on aurait aspergé de peinture. Derrière, au deuxième plan, on distingue un mur de pierre, de deux mètres de haut, voire plus. Il est difficile d'en inférer la taille étant donné qu'il est précédé d'un fossé dont on ne discerne pas le fond. Un de ces murs faits pour ne pas être franchi. On voit assez mal ce qui se trouve à l'arrière-plan, à cause du contre-jour, mais on peut raisonnablement dire que ce sont de petites stèles de pierre, plantées à un mètre d'intervalle les unes des autres, selon un quadrillage prémédité. Le narrateur a attendu là une bonne partie de la nuit, persuadé qu'un évènement conclusif ne saurait tarder, et maintenant il sent que c'est imminent.

Une forme se détache sur la droite, que l'on n'a pas entendue venir : le bruit de ses pas dans l'herbe n'était pas distinct de celui de la brise. La forme se précise à mesure qu'elle s'approche mais, aussi longtemps qu'elle sera auréolée de soleil, on ne pourra pas avec certitude en identifier la nature. D'un bond – on ne comprend véritablement pas comment cela est possible – elle se retrouve au sommet du mur, accroupie dans une posture gracile, nullement déstabilisée par l'effort. Ça y est, elle est passée de l'autre côté. Nous nous approchons pour ne pas la perdre de vue : nous nous installons en face d'une grande grille, depuis laquelle nous avons un point de vue privilégié sur l'intérieur de l'enceinte. La jeune fille – puisqu'il s'agit d'une jeune fille – s'avance sans suivre les allées, enjambant les stèles sur la route qu'elle se trace. Elle ne fait pas cela par désinvolture ou par irrespect, on voit bien tout au contraire, à la gravité de son visage souriant (c'est difficile à décrire), qu'elle agit poussée par la force d'un destin plus grand que les conventions – en cela, nous pouvons affirmer avec certitude qu'il s'agit d'Isor. Elle s'immobilise devant une stèle claire, couverte entièrement de bouquets touffus de l'exacte couleur du ciel.

Je viens t'annoncer le printemps. Le jour
de mon départ de Catane, j'ai vu passer les grues
dans le ciel, qui rentraient d'Afrique.
Le printemps, c'est la fin de ta tristesse. Ta joie,
je l'ai réparée. Je viens te dire, pour vrai,
que tu n'as plus de raison d'être malheureux.
Un peu de malheur ça se dissout vite,
quand on a beaucoup d'amour.

Ani ne t'en veut pas, Ani t'a pardonné.
Tu as une manière tout à toi de te faire pardonner. Tu commets tes erreurs par faiblesse, tu avoues ces faiblesses sans orgueil. Comment te dire ? Même quand tu es froid tu es doux. Même quand tu es triste tu es doux. Lucien n'a pas d'épines. Lucien n'a pas d'épines. Et Ani, elle, a sa manière de pardonner. Elle se sait d'avance innocente dans les drames qui la touche. Et elle ne sait pas s'apitoyer. Rien en elle n'est programmé pour cela. Les évènements pour elle viennent sans être bons ni mauvais. Si quelque chose lui vole son plaisir, elle l'accepte, sans pitié, et si quelque chose lui en donne, elle l'accepte, avec gratitude. Elle attend les tempêtes et les joies en sachant bien qu'il n'est jamais question de son mérite là-dedans.
Lucien, maintenant, il faut effacer de toi toutes les larmes et toutes les prières de rédemption que tu y as accumulées. Elles ont rempli leur office, elles ne sont plus utiles. Alors ne les garde pas en souvenir, surtout pas. Un regret, ça ne se conserve pas comme une boule à neige, en mémoire d'un voyage passé. Un regret aussi, ça peut se jeter à la poubelle. Tu te demandes peut-être qui tu serais sans ta douleur. Si tu serais le même homme. C'est elle qui t'a modelé plus de la moitié de ta vie. C'est elle qui a fait le Lucien que j'ai connu. Alors ? Alors on s'en fiche et ce chagrin tu ne lui dois aucun culte, aucune cérémonie d'adieu. Lucien, la joie gomme tout le reste, et même si alors tu dois mourir tout blanc et tout vierge, comme un nourrisson

qui n'aurait rien à lui, cela n'a pas d'importance. Aucun malheur ne nous définit, seule notre joie est à nous.
Lucien, tu es le seul qui m'ait crue capable de vivre. Tu as vu que ce qu'il y avait en moi, ce n'était pas une malédiction mais une promesse. Tu m'as révélé ma promesse.
Je vais partir vivre avec ta fille. Je serai le cadeau que tu fais à Aniella. Aniella sera le cadeau que tu me fais. Ce n'est pas un sacrifice, pour personne. Ce n'est pas un sacrifice pour te dire merci.
Si tu m'as ouvert la vie, ce n'était pas pour que j'y étouffe de gratitude. Mais nous avons simplement le besoin l'une de l'autre (qui au fond est un peu le besoin de toi). Et quand on a ce besoin, il faut vivre ensemble. Si je devais croire en une chose, ce serait bien celle-là.
Aujourd'hui je suis grande. Et je suis grande de toi. Il y a une corde qui vibre tout près de l'horizon. Je vois enfin l'horizon qui recule. Il y a de l'avenir à respirer. Toute ma vie je vais pouvoir respirer le futur que tu m'as donné.
Ça t'a fâché, dis, Luce, ça t'a fâché, qu'à toi je n'envoie pas de mots ? Je ne fais pas partie de ceux qui pensent que plus on s'aime, moins a besoin de se le dire. Non et non. L'amour est un sortilège qu'il faut jeter sans cesse et de nouveau du bout des lèvres, encore et encore. C'est une chanson avec laquelle on vit – qu'il faut faire vivre. Mais dans mon cas, dans notre cas, cette chanson, mon cœur la psalmodie en silence – et je sais que le tien aussi.

Alors voilà, Isor a dit ça.

Ou bien peut-être n'a-t-elle rien dit, peut-être s'est-elle simplement agenouillée pour enfiler un pull de laine bordeaux à la croix, et est-elle repartie dans le soleil.

Les Éditions Points s'engagent pour la protection de l'environnement et une production française responsable

Ce livre a été imprimé en France, sur un papier certifié issu de forêts gérées durablement, chez un imprimeur labellisé Imprim'Vert, marque créée en partenariat avec l'Agence de l'eau, l'ADEME (Agence de l'environnement et de la maîtrise de l'énergie) et l'UNIIC (Union nationale des industries de l'impression et de la communication).

La marque Imprim'Vert apporte trois garanties essentielles :

- La suppression totale de l'utilisation de produits toxiques
- La sécurisation des stockages de produits et de déchets dangereux
- La collecte et le traitement de produits dangereux

RÉALISATION : NORD COMPO À VILLENEUVE-D'ASCQ
IMPRESSION : IMPRIMERIE NORMANDIE ROTO S.A.S À LONRAI
DÉPÔT LÉGAL : AOÛT 2024. N° 155366 (2402698)
IMPRIMÉ EN FRANCE